巴洛·瓦旦

薩芙——著　許育榮——圖

名家推薦

李偉文（少兒文學名家）：

這是一個悲傷的故事，就像有些人的人生，或者，就像每個人生命中在某些時刻的心情，或者不幸遭遇到的無可奈何的處境。

人與人要互相了解是很不容易的，尤其面對不同種族，不同宗教信仰，甚至同一個種族的不同部落都可能互相敵視。在現今這個全球化世界裡，如何理解「非我族類」的人，放下偏見、歧視或者仇恨，是很重要的課題。

有人認為，若非眼裡的淚水，又何以映照出靈魂的光彩？是的，淚水可以洗去我們蒙塵的慈悲心。

就讓我們跟著《巴洛・瓦旦》進入原住民少年的心靈吧！

凌性傑（作家）：

《巴洛・瓦旦》這部小說以原住民青少年的生命困境為軸心，慢慢鋪展出社會意識與文化認同的龐大主題。開篇第一節標題「有些東西你得自己找，才看得見」，揭示整部小說的企圖。十五歲的原住民少年如此設想：「登山使我進入自己的身體，也進入我的心，我的恐懼。」一連串出生入死的冒險歷程，出於自我選擇，也正是小說主角的成長儀式。他必須經歷、熬受種種試煉，才能看見自己的存在價值。《巴洛・瓦旦》塑造出個性鮮明的人物，敘事節奏不疾不徐，把少年的成長寫得細膩又動人。

陳安儀（閱讀寫作老師）：

「有些東西你得自己去找，才看得見。」十三歲母親病逝、十五歲時父親去了山裡沒有回來，少年巴洛．瓦旦，為了解開父親失蹤的謎團，從育幼院中逃脫，孤身一人，登上了奇萊山。只有一隻半途相遇的狗作伴，巴洛藉由走一遍父親可能走過的山路，尋找生命的答案。在漫漫山路上，回憶與現實交錯，作者以精煉的文字，描繪山林景象、自然萬物，栩栩如生；而少年於掙扎求生與逃避世仇的追捕過程中，重回記憶深處、體會生命珍貴，內心的對話細膩動人。

目錄

當我說到「瓦旦」這個名字時，都與過去或未來無關了。

我要說的是，瓦旦和我的故事。

1 有些東西你得自己找，才看得見

瓦旦隨身的獵刀是在一棵杉樹下找到的。

九十公分的彎刀，在樹葉堆中閃著光亮。獵刀開路很好用，對付一望無際的箭竹，立即腰斬。瓦旦要我記住，有些路你得自己找，別人開闢的獵徑也許好走，但不一定對我們有益。我們不為自己狩獵，我們為祂而生，為祂而死。山是我們的安息之地。

那一天，我剛滿十五歲，遙遠的山那邊有什麼正在呼喚。

融雪後的山峰，把遺忘的記憶一股腦兒湧進我的生活，包括瓦旦的名字——瓦旦・巴夏[1]（Watan.Bashar）——像一隻蒼鷹不斷在我腦子裡繞，他離開的理由，起初有二三種說法，到後來，我已不想知道哪一種才是真的。我回答每一個問起他的人說：「我不記得了。我不想知道。」

這對誰都好。在那之後的每一句追問，彷彿山上的融雪，這裡露出一點，那裡露出一點，皚皚白雪埋藏了一個冬的生機，那些噓寒問暖裡，沒有一丁點跡象證實他仍存活。從我與他等高水平的視線看日光灑落群峰，我走進瓦旦實際走過的越嶺。

登山使我進入自己的身體，也進入了我的心，我的恐懼。

濃霧瀰漫，宛若罩頂的白紗。我一步也踏不出去，手裡緊握著指北針，也許前方是陡峭的懸崖。每移動一步，都能聽見碎石滾落的聲音，慢慢消失得深遠且長。

我得專心想點別的，想著瓦旦。

瓦旦老跟巴夏起爭執。他不希望巴夏再去修復步道，他老得拿不動鋸子，也爬不上山屋，一不小心就會一命嗚呼。巴夏說：「我要是不幹，連小米酒都沒得喝。」他們父子倆一樣愛喝，一樣易醉，但在山裡頭喝可就不妙了，他會忘了回家的路，瓦旦得背他回來。

豐年祭前一晚，巴夏不見了。

沒人發現他什麼時候離開祭典。獵槍打爆他的頭，自己的槍，在

1.泰雅族、賽德克族採父子聯名制，自己的名加上父親的名。

山谷間發現的，沒有打鬥的痕跡，沒有猛獸的足印。沒人知道是怎麼回事。

頭目說：「那裡不是我們的獵場。你們現在耕作的地方，原本是個福佬所有，巴夏拿著槍，抵著人家腦袋，這是違反gaga[2]的，我們子子孫孫會離奇死亡。」

巴夏死時八十歲，是隨時可以死去的年紀。沒人會想去追究死因。

他下葬那一晚，屋外降下初雪。

按照習俗，屈肢豎葬，下棺覆土。瓦旦搬了幾塊大小不一的石頭，最大的在下，最小的在上，一疊，二疊，三疊，排成跟巴夏一樣高，疊石告訴我們明年清明掃墓的正確位置。

用鹽洗淨臉跟手後，瓦旦席地而坐，那是巴夏的老位置。他單獨喝著小米酒，喝得比平常還多，臘腸般的臉色蹦跳，像是預見了什麼，「下山吧，巴洛，這裡不安全。」

「我哪兒也不去，我想待在這。」

我倒立在牆邊，想讓壓迫我腦子的那塊東西能換個位置，那塊東西常讓我對光線感覺不舒坦，視線模糊。有一次昏睡了三天三夜，怎麼叫都不醒，瓦旦情急下，帶我去醫院檢查。腦部核磁共振的結果顯示，當我入眠時，我的小腺體釋放的能量相當活躍。瓦旦看不出來左右半球之間中央部位那米粒大的淚滴是什麼，他對所有未知的事物顯得畏懼。

2. gaga是團體共同遵守的誡律和規範。泰雅人的日常生活、風俗習慣的誡律，最具有約束力與公權力，是行為道德與社會律法的最高維護與審判者。

「松果體的腫瘤會使你提早進入青春期。當你冥想、瀕死時會釋放大量的迷幻分子。」

「像嗑藥？」我問。

「比較像是心智跟身體的橋梁，會影響免疫力。不過，心智的能量即是生命的本質。」醫生用手指輕敲我的後腦袋，「聽說，這裡是靈魂的所在，所有思想在此成形。」

醫生的話彷彿打開我的視野。

腦袋的問題必須定期回診，持續追蹤。瓦旦顯得十分為難。

腦子裡存在一股未知的能量，我是知道的，跟飢餓感很像，我每日不斷填充各種石頭、樹木、動物與植物，河流以及山的形狀，這些常在腦海裡盤旋。我常常倒立在牆邊，增加腦部氧氣，集中注意力，在屋子裡找到各種愉悅。有時，顛倒著看瓦旦，就好像看見未來的自己。

瓦旦生活的原則很簡單——如果有比現在生活更好的方式，那就去做。

沒當嚮導，不打獵時，國家公園管理處委託瓦旦定期把山裡的垃圾背下山，日復一日，永遠撿不完。登山客對自然界抱持軟弱的信任，恐懼祂的不便。於是，他們攜帶器具與垃圾——塑膠袋、瓦斯罐、帳篷、雨具——縱走大地。當這些東西使用過，清潔後，水池裡冒著清潔劑的泡沫，破壞生態的各種行徑，一批批接力而來，山老鼠趁夜黑風高，巨大的林木應聲倒下，一一變賣家具建材。外來者尚未建立對環境的信任與責任，強取豪奪。即使，瓦旦極力守護勸阻，也消弭不了。他不希望我一輩子都耗在這。

瓦旦總是對我說，「做什麼都好，年輕有的是機會。」

他一喝酒，話特別多。我趁機把剩下的酒也喝了。

瓦旦的眼神定住不動，出了神。「要是走了，就別回來。」

「我不會走的，瓦旦。」

他嘿嘿嘿笑了起來，醉眼指著地圖。瓦旦認為，地圖是畫給客人看的，地圖之外還隱藏未被外界接觸過的地方。獵人們不看地圖，也不需要地圖，獵人們的後裔也是如此，路線就在我們的身體裡。

「我們遷移到平坦點的地方。這裡不好待。」瓦旦說。

尤瑪（Yuma）不喜歡瓦旦喝酒亂說話，她老叫他閉嘴，快去睡覺。瓦旦從不跟尤瑪道歉，他去黑色奇萊山裡也不跟她說，說了，會破壞靈力，狩不到獵，還會讓自己受傷。

「要是你必須說實話才能生活，你可以選擇說或是不說。」瓦旦總是這麼交代。

山風強襲而來，將我拉出回憶的暖屋。

瓦旦希望我像山羌一樣，能靈活穿梭各種地形之間。我的名字後面仍掛著瓦旦的名字——巴洛．瓦旦（Para'.Watan）。

我仍是瓦旦的孩子。瓦旦的孩子會待在山裡做點什麼或不做什麼。我來到所屬的地方，靈魂的原鄉。

深呼吸，吸氣，吐氣。好幾次眼皮壓了下來，腦袋沉重得想往後躺，但我不能鬆懈，得保持清醒。白天一眼望過去時，以為下到溪谷源頭的距離並不長，箭竹草原吹起風浪，山路彎彎繞繞，蒼霧影響方向的判斷，到底現在的位置在哪？

大霧來臨時，只能仰賴直覺，頭上的探照燈照了幾哩路，我踩空一處，滾落時，攀住了枯木，枯木就像一個老翁扭曲身形後的臂彎，把我托在絕望關頭，停留一塊片狀的板岩邊，一臂長的岩壁處，有一小堆白色殘雪，我抓了一把塞進嘴裡，咔嗞咔嗞嚼了起來。

我的舌頭凍得毫無知覺，鼻涕流成冰柱，我知道唯一能做的事就是等待救援。這裡本來是生命的獵場，我還想追逐青青草原上的綿羊、二月的櫻花雨還有金色的朝陽。腦海裡，慢慢浮現瓦旦的臉，那張黝黑四方結實的臉逐漸清晰。許多話語卡在喉頭，我對著山大喊：

「我該怎麼做？」

曠野孤寂的空靈聲，箭竹搖動的嘩嘩聲，彷彿幽靈纏繞，我聽見熟悉的聲音從深遂的黑夜裡傳來。

那聲音說：「有些東西你得自己去找，才看得見。」

我看見圓圓的亮光，從一點變成兩點，那兩點的距離在黑夜裡變得神祕而危險，我像是人面蜘蛛等待已久的食物，等待成為大地胃裡的消化物。大禍臨頭，我得決定要不要勇敢。

此時此刻，我攀附著動脈似的山脊，幽冥在耳際咆哮，內心卻感受到一股鮮活生命如湧泉噴發，蒼茫一粟，我進入了意識的封界，清醒感到自己值得珍愛、值得體會世上一切。疼痛從腳底竄上身，每走一步皆如陷泥淖，我不能就此停住，不能認輸。

本能告訴我，有東西追來了。

2 只有往上爬，才知道谷底的位置

我抗拒不幸，我的家人也是。

這要從一九三七年日人興建萬大水庫時說起。

日人挑起了巴夏與賽德克族之間的爭執，差點掉了腦袋。他趁亂逃離了札吉斯（tsugeus），沒留在現在的親愛部落，一路向北，他曾是狩獵隊的一員，能揹百餘斤的獵物獨走連峰。為了避開日人的監管，他隻身循著能高主山，越過好幾個山頭，落腳於現在的紅香部落。

深秋的紅色楓葉讓巴夏和一名美麗的賽考克列族女子相愛，女子難產，生下瓦旦後，不幸去世，那一年嚴冬的雪覆蓋了一切愛的痕跡。

頭幾年秋天來臨前，巴夏會想起部落裡的親人。他揹著瓦旦循著舊路回去，避開賽德克人。後來，瓦旦幸運地在第十九個深秋遇見了尤瑪，隔年，尤瑪生下一對雙胞胎，同時間，他們也失去了其中一個孩子。此後，瓦旦不再回去親愛部落了。

瓦旦的生活只有幾件事就可以概括了。小米酒、耕作、gaga。巴夏的卻不太一樣。gaga、打獵、小米酒。

這裡的生活太過安靜，每一塊石頭都有我們的記憶，記憶像一顆裂開的熟果，什麼滋味都清楚。我們的目光開始望向遠方。

瓦旦偶爾會去學校替我請假，帶我鳥瞰山下的燈火，尤其是星星羞赧不出來的夜晚。

他說：「山下的燈火總是亮到太陽出來。我們待在那裡會好過得多。」

那是瓦旦劃下一根美好世界的柴火。我差一點信仰的柴火，在屬於我的第十五個寒冬來臨前，在生活無盡的損耗中，沒多久便熄滅了。

三十五歲是不該死去的年紀。

他進入奇萊山區沒有回來。

瓦旦失蹤是一回事，死亡證明是另一回事。在我的心中，他依然活著，根本沒有死這回事。瓦旦屬失蹤人口，而非意外死亡。產物保險公司拒絕理賠登山事故保險金，稽查員甚至認為這是一場騙局。

「根據調查結果，你的父親有數筆龐大的債務，很可能為了躲避債務追討，藏到我們不知道的地方，而你也許知道？」稽查員問。

「我不知道。除了這裡，我們沒有別的地方可以去了。」

「知道嗎，孩子，這塊坡地不能建房子。」

「我們很久以前就住在這，沒人告訴我們不能住這兒。」

「別白費唇舌了，一個孩子沒辦法處理房子，我們會看著辦。」拆除隊長對著大夥兒說。

稽查員看了錶，說時候不早，他得走了。而陽光從屋內漸漸撤退門外，比這些人還早。時間從那時失去意義，成了緊迫盯人的爪牙。

這一群人等的是動手的時機。

不到一個月的時間，他們查封了所有資產。屋子、現金、家電，一件件被搬空。我發現掛在牆上的獵槍消失不見，獵刀也是。瓦旦僅留下一雙登山鞋、一本登山筆記本以及一件舊外套，這些他們不要。

他們帶走的是所有能變現的物件，我只剩下回憶可以打包。我無力阻止這場掠奪，更分不清誰是債主，誰才是整件事的受害人。這個世界運行的規則一度使我恐慌。

如果說瓦旦真去躲債，那麼他為什麼要把我留下而不把我帶走？我不認為瓦旦會拋下一切，即使生活再怎麼困難，共食、共享、共住一直是我們絕不違背的傳統。

「一個孩子沒辦法在這裡生活，你最好下山去。」稽查員最後的忠告。

他們討論如何鏟平這裡，如何拍賣尤瑪的織品、決定開標底價，他們竊竊私語，「那個孩子該怎麼處理？」

我是這一間屋子裡最難處理的了。我擔心自己像那些東西一樣被賣掉，賣給一些任意而為的人。

山下的房屋櫛比鱗次，我只需要一處夜可安眠的地方。

在他們來拆除房子的前一天。我穿上瓦旦的登山鞋，把筆記本放入外套口袋，開始步行。我走到和瓦旦看了好幾次的那一片閃爍燈海，想像自己在那裡頭泅泳，遇見山裡沒有的東西，一頭藍鯨或是一艘獨木舟。我不知不覺往山下走，走了二天二夜，渾身濕了又乾，乾了又濕，像是一個從海裡剛上岸的人。

但，這裡沒有藍鯨也沒有獨木舟，倒是充滿呼嘯而過噴著墨汁的烏賊。烏賊排成一列停在路旁。

悶熱的街頭，幽暗的巷弄，街角是熱鬧滾滾酒客滿座的海產店，蒜香、酒香撲鼻而來。其後，是一棟接著一棟高樓大廈，彷彿一座座的水泥高山聳立在燈紅酒綠的人海之中，不是你想就能進入，就能居住其中。商圈周邊的麵攤、店鋪的燈照亮整個黑夜，一切變得不真實。

飢寒交迫下，我站在麵包店前，對著剛出爐的麵包嚥下口水。

只要趁店員不注意，我可以偷幾塊小蛋糕，我差點兒伸出手，就差那麼點兒。

但我忍住了。

飢餓老是在我的腸胃裡發出聲響，一波又一波向我的意志發動攻擊。我把腳步移至後巷，藍色橡膠桶裡塞滿過多的食物，我正在翻找餿食殘羹，一隻野貓正用發光的眼珠盯著我手裡的魚頭。

一種無形的東西把我跟現實切割，沒那麼容易回到過去，沒那麼容易安身立命。

一雙手拍拍我的後肩膀。

「孩子，你怎麼會在這兒找東西吃？你需要幫助嗎？」女人問。

她的脖子上垂掛著社工證，從頭到腳打量我。

「不需要。」

「你想吃東西嗎？」

我搖頭。可是，不爭氣的肚腹發出咕嚕聲。

「手機給你，如果害怕的話，就打電話報警。」

「我不跟警察打交道。」

「如果我騙你、害你，就會被神處罰。」她舉起社工證上的名字——朱喜，「用我的名字擔保。」

這句話對我起了作用，名字是整個人的身家性命，是榮譽，是血統，不能丟棄也不能交換。

我默默跟著她走，走過忙碌的集散地。

路邊攤車冒著熱熱的蒸氣，大骨湯的香味四溢。我吃了一碗清湯麵，唏哩呼嚕，暖意滑過我所有曾經打顫的體內，使我覺得能吃真好。

「你得有個地方好好睡覺。」

我無力抵抗命運，無力懷疑一個願意用名字擔保的人。我跟著她向左，再向右，數不清走了幾個街區。

「向日葵家園到了。」朱喜說。

房子裡有幾盞燈，比街上的亮。

屋裡的床有人睡，我睡地板，地板是溫暖的，不結凍，也沒有霜。

我對朱喜說，請幫我找瓦旦。

「瓦旦是你爸爸嗎？」

「是的。」

我屈著身子，睡了一天、兩天、三天，汗濕了地板，濡出一處緊縮的人形。

直到朱喜告訴我，部落裡的人認為瓦旦死了。

「胡說。他們只是還沒找到而已。」

朱喜說，如果再找不到瓦旦的遺體，無法證明他死亡，我的轉籍、領養文件上，恐怕需要一個不存在的父親同意簽名。

對部落的族人而言，死去的巴夏成了如影隨行的祖靈（rutux）[3]。他們該不會認為瓦旦也是了吧？

找不到瓦旦，不能以特殊災難認定為死亡，而一般失蹤的死亡認

3. 泰雅族的神靈觀。可指稱生靈、祖靈、神或鬼魂，其確切意義必須視情境而定。太魯閣、賽德克族稱為utux，泰雅族則稱為rutux，本文以rutux概稱。

定，其法定效期長達七年之久。失蹤達六個月以上，未成年家屬可申請每月一千四百元的社會救助金，但這對我毫無撫慰作用。瓦旦的負債多於資產，我身上一毛錢也沒有。救助金未核定下來期間，救難隊停止搜救了。警方、社工、救難隊員沒人比我更抱希望。警政單位雖未宣告放棄協尋，不過，朱喜已把我安置在育幼院，進入申請戶籍登記程序。她不斷詢問我事發經過，「你父親最後一次跟家裡聯絡是什麼時候？」、「他有沒有舉止異常？」

我不記得了。我不知道。

我找不到人幫忙。沒有人會為一個孤兒，長期投入深山野嶺的搜救行動。沒有。我聽到最匪夷所思的說法是，「他也許不想活了。」

胡說。真是胡說。那是不能通過彩虹橋[4]的。瓦旦有什麼理由這麼做？為什麼不說有人從後頭推他一把？為什麼不說他是不小心掉落山谷？所有人都在扯謊，任何理由都不會讓我覺得好過。

瓦旦什麼都沒了，我是他唯一的牽掛。即便他真想自我了斷，也不會是用這個方式吧，怎麼能輕言斷定他了無生機。就算死意已堅，屋後墓園還有空位，我是指他會想待到巴夏跟尤瑪身邊的。只剩下我這個血脈，踽踽獨行，未知方向。

「你先待在這。我過一陣子再來看你。」

朱喜走了。

我又是一人了。

讓我過新生活的是一名七十歲的牧師，頭頂圓禿，身上有酒精跟

4. 關於「想不開而自殺」情形過去也常發生，原因多半是情緒上遇到無法解開的瓶頸時，只有尋短來解脫困境，這種行為不被族人讚揚，認為是懶惰生存，有「懦弱」的意思。站在靈魂歸宿的立場來說，這樣死去的人是不能通過彩虹橋的魂。——《原住民歷史語言文化大辭典》

中藥的味道，對每一位院生很嚴厲，不像朱喜那麼親切，不會對我軟言耳語。

來自不同處境的院生，各有各的背景故事。我與他們有一些不得不的接觸，人際關係保持最低頻率的必要往來。我們形成低濕暗潮地帶的共生圈，圈住一方小小的活動範圍。

瘦得跟竹竿似的陳玉珊，我矮她一顆頭。她的肌肉血液彷彿被生活吸乾了，是院內唯一能跟我說上兩句話的人。她兩隻眼窩空空洞洞，據說是被酒癮發作的父親用玻璃酒瓶弄傷的。育幼院成為她的庇護所，也是所有孩子的庇護所，那可不表示絕對安全。人的社會就是這樣，再弱小也會欺負別的弱小，其他院生會捉弄她，把她的飯碗加點沙子，在她的睡床撒尿，好讓世上存在一個比他們更可憐的人，那些孩子只不過害怕失去更多。

我來之後，沒人有機會這麼做了，沒人擋路、沒人誘導她走錯方向。

「妳要是走錯路，該怎麼辦？」

「反正，每條路都是摸索出來的。」她笑著說。

「別總是咧嘴笑，妳滿足的表情會讓人不開心，會替妳帶來麻煩。」

「你不開心嗎？」

「我無所謂。」

「那就好。」

她繼續笑，嘴咧得比剛剛更開了。

瓦旦說過，女人跟獵槍同樣危險。我弄不懂那笑容是怎麼回事。

有一次午餐過後，她獨自坐在食堂不走。我留下來負責收拾。

她用左手拇指摸著自己右手上的掌紋，一摸再摸，彷彿能摸出個什麼好運似的。

「再過幾天我滿十八歲，就要離開這兒了。」她問我：「到底你從哪來的？」

「山那邊。」

我的視線越過了陳玉珊的肩，穿過食堂裡的窗，窗外的光照亮從山上下來的路。我看見自己正在那條路上，獨自一人，一個移動的黑點。

回家的路變得漫長。

瓦旦說，性格決定一生的路，而走過的路影響一生的際遇。

如同其他傳統父親一樣，他替我指出一條充滿荊棘的道路，一條往上爬的路，滾下來能抓住什麼就牢牢抓著的路。這條古道原本底定在我成年式執行，他要帶領我走一遍台灣山岳最美的稜線，父與子的約定。只不過他食言了，在我十五歲生日那一天，他沒回來。他食言不是頭一回，唯獨這項我不能接受。這份無法實現的約定，使我哪兒都不去了。

也去不了。

大部分時間我喜歡獨處，在周圍築起防禦的高牆。無論我做了什麼，只要問心無愧就好，沒阻礙別人就好。邊緣生活並非我的意願，只不過是接受而已，光是接受，就夠困難的了。在別人眼中，我過於早熟，這跟智力無關，跟人生經歷有關。我為自己還活在世上感到慶幸，我對生活的要求向來不多，只不過，有些問題不斷在我腦子裡詰問。

沒有了家、家人，我是誰？

該怎麼活？

根據我對人的初步認識，人們普遍無法滿足自己的生活，他們總有理由想改變，那也是痛苦的開端。你會先削弱自己的價值，換得一些機會，繞路只為了走得更遠，經常性繞路中，人們漸漸迷失了原本的判斷。

而瓦旦在我這年紀時，早在營建工地做模板工，一天兩千台幣，積勞成疾，做兩天休一天，無以為繼。瓦旦索性回到山裡，帶著兩手啤酒。巴夏宰了一頭山豬，任何值得慶祝的理由，巴夏都會這麼做，可是，那一次，是為了請求祖靈原諒瓦旦拋家棄子的罪，讓我們的關係重新開始。

我失去與他們相處的時光。這世界只剩下我了。

當我以為走到底就能轉彎，可當我走到底了，高牆一堵接著一堵，使我再也過不去，只能回到車水馬龍的街道，混在人群中，朝大批人潮的方向行走，逐漸削薄自己的意志。本能告訴我，找個制高點，然後往上爬，看看上頭還有些什麼。我試了又試，換了又換，城市的制高點只是堆疊出來的泡沫，你以為捉住了什麼，轉眼間又灰飛煙滅，從來沒有穩固的制高點，一個不小心，便會失速下墜，粉身碎骨，跟攀登山岳同樣危險。

我成了迷途的人。

山不轉，路轉。

與其如此，我想回山裡頭。回去我出生的地方，就再也沒人可以把我推下去。

祢[5]對我開的玩笑太大了。

我不確定是否禁得起任何玩笑。在人生最谷底的艱難時刻，社工牽著我的手，走進向日葵家園，跟一群被祢開過玩笑的人一起生活。但沒人發現這一點，沒人認為事情哪裡不對勁。我十指緊扣，在院內的禮拜堂祈禱，好讓祢別忘了連我一併帶走。

我的世界一片魆黑。

不論我移動到島國的任何一座城鎮，只要站在文明褪盡的位置，就能看見山的背脊或稜線。我們之間只存在視線上的距離，過去依山傍水的人們，為什麼如今要待在離祢心臟地帶如此遙遠的地方？

我被無形的力量推開，我要回到所屬的地方。

回家是我唯一的路。

我唱著〈你從哪裡來〉。

「我們在森林裡，希望我們能夠快樂，我們是太陽之子。」

5.文中所有的「祢」指泰雅族自然崇拜的山神。

3 知人知面不知心

一定是在那裡消失的。

我翻找瓦旦的筆記，地圖上，有一條用紅筆畫下的中斷路線，是最險峻之處。

申請入山申請單需要十天。

我急於填入個人資料：名字、身分證號、地址及家人、入山理由、停留天數……一切都變得陌生難解，像逐漸泛黃的空白紙頁。躊躇地想，奇萊山能容下我多久？

十天、二十天？

計畫趕不上變化，全看老天臉色。天數是一種活著的證明。明確的天數代表計畫周延，存活下來的勝率越大。

該不會瓦旦輕忽了？

他最後一次的入園申請填寫三、五至七天，再老練的人也不會輕忽大意，忽略撤退計畫。瓦旦的天數無限延長，再也沒有回來，把一輩子留在那兒了。這是我的猜測，沒有人能告訴我真相，救難隊沒說究竟怎麼回事，我始終對整個救難過程無力可施。這張入園申請表，瓦旦填寫無數回，它只說明了識途老馬也有可能一去無返。

如今，還有誰會惦記我的存在？

留守人資料欄中必須填寫家人或朋友，我並不想說謊，能寫誰呢？

更令我糾結的是，身分證號碼我從來都沒有使用過。瓦旦說我有一個漢名，下山後就叫那個名字，但我從來都不記得叫什麼，我只喜歡這個名字——巴洛．瓦旦。

我跳過這一欄，在留守聯絡人的位置，寫下瓦旦的名字，誰會去查證瓦旦是我的誰呢？

有誰真正在乎我是誰？

可惜，申請資料整件退回，沒有通過。

我沒有身分證件，也許我有，但我不知道該如何使用。

趁著大夥兒去食堂，我悄悄翻找陳玉珊的東西，她的睡鋪很整齊，或者說，她根本沒幾樣東西，一包手提袋就足夠她搬離這裡。

她身分證上的照片，失明前的雙眸非常美麗。

我重新填寫申請表，入山申請者寫上陳玉珊，聯絡人寫上她的媽媽，留守人寫上她的爸爸，有了身分證號碼——跟著一輩子的符碼——你就是存在的個體。

沒幾天，入山申請居然批准下來了。

沒有人去查證陳玉珊是誰？誰也不知道她根本看不見。

我的頭髮沒剪，人形枯瘦，就算被誤認為女的，我也不意外。

也管不了那麼多。

安排搜尋瓦旦縱走的路線才是最大的麻煩。

從筆記初判，瓦旦原本的預定路線有兩條。

從天池山莊分歧，一條往屯原登山口出去，另一

條往能高南峰，從奧萬大出去。不管走哪條，都得通過號稱天險的卡羅樓斷崖，而這段縱走的踏查紀錄非常雜亂。

我沒把筆記交給警方，就算交出去也無濟於事，他們不會為了我，冒著生命危險去找瓦旦。從他們要我寫的十幾頁筆錄中判斷，他們不抱樂觀，甚至想早點結案。我思索著瓦旦身為一名專業嚮導，山難協救會找他義務幫忙，他救了別人，可如今誰來救他？淨山計畫與急難營救占據他的生活，我與尤瑪漸漸居於二線，守候一間他難得回來的空屋。高山嚮導的真正挑戰是從每一次攀登中活著回來。縱使心裡明白，總有一天，他會死。

我也會死。

人終將死去，世界上所有一切繼續運轉，沒有人會因此停下腳步。

我身上什麼裝備也沒有，而寒冬將至。

園內的院生正在揀選來自四面八方捐助的二手衣裳。「入冬後，氣溫變得更冷，又有流浪漢凍死了。」他們說。

幾乎每位院生都知道死是怎麼回事，我們對死亡沒有太多驚懼，逆來順受，我們焦慮的是在仍必須活著的日子裡，還會有多少難熬的事。

我離開育幼院好幾天，我受不了那裡。

我再次回到街頭，面臨獨自覓食的不安處境。空氣中飄散腐敗的味道。我一直原地踏步，什麼都無法全力去做，躲在人來人往的夜市角落。我毫不起眼，也無法扎實鍛練身體，有朝一日當運動員，不論做什麼都不受重視，嘲笑、忽略、排擠、賤踏、辱罵，「他鐵定是個沒有爸媽的孩子。」、「別靠近那個野孩子。」、「一定是他偷的，他就是一副小偷的樣子。」、「喂、喂、喂，這裡可是我們的地盤，你滾邊去。」

嘲笑我的人像鯊魚見血一般，包圍過來，我連光都看不見了。

那些大孩子臉上有殘酷暴行所留下的痕跡，皮膚有毆打過後的瘀青。

我用倔強防禦。他們一眼看穿那根本擋不了多久。拳腳連續落下。我閉緊眼睛，繼續用倔強防禦。

「滾開，你們這些破孩子。」

說話的聲音低啞，像黑夜裡突襲而來的野狼，趕走那群不知天高地厚的野孩子。

有一位身上有古龍水味的墨鏡男，趕走那些小地痞流氓，他要帶我去他家清洗乾淨身上的傷，把我拉進一條窄小的巷弄，走進一棟沒有管理員的老舊大樓，樓梯間有尿味的地板上，散落許多菸蒂。

他掏出一串十字架鑰匙圈，趁開鎖空檔，我想轉身逃走。

但，我的腳被樓梯間的雜物絆倒，身子失去平衡，從樓梯一階又一階滾落。

他把我拎了起來，掐緊我的後頸，使我動彈不得，任憑處置。

我被拖進屋裡。

屋子中央只有一盞燈炮，燈一開，有窸窣的爬行聲。房間四處有酸腐的臭味，桌子、沙發四處散落吃過的餐盒，發了霉的香蕉皮跟噴灑一地檳榔汁與啤酒罐。

他摑我一巴掌，尖銳的指甲劃破我的臉。

「想一想，該怎麼感謝我帶你回來。」男人說。

我擦掉嘴邊混雜血絲的口水，瞪著他。

他襯衫下的肚腹好像鼓脹的青蛙。他喝著啤酒，說我看起來挺成熟，他露出猙獰的臉，舔著嘴巴，打算把我全身上下嘗一遍。我的膝蓋朝他軟弱處狠狠踹，捉起放在桌上的水果刀，跌跌撞撞逃跑出來。

可是，冤家路窄，又碰上那一群小地痞流氓。這會兒，他們倒是嚇得後退，怕我了。

他們說我有病。

「有病，有病，這傢伙染了病。」

那些人把搶來的Note7扔在我身上，大喊砰、砰、砰，嘻嘻哈哈逃開。

緊追而來的警官以為我是那些人的同夥，將我以現行犯逮捕，移送法辦。在警方眼中，拿在手上的水果刀使我不像受害者，倒像持刀搶劫者。

明明是我的人生被搶。明明是。

警察要我在筆錄上簽下名字。

我再次寫下陳玉珊。

幾個小時後，警察對我說：「你可以走了。」

門口站著我不想看見的身影，那一股刺鼻中藥味告訴我，牧師來了。

他為我擔保，我再度回到院內，縱使不願意，我也只有此處可去。對於我屢次逃出育幼院，他採用強硬的監禁管理，把我關進祈禱室，室內唯一的光源照映在地板，投射下一道山稜線般的光影，這裡只剩我和祢。

我學會把眼睛閉上，就什麼也看不見了。

我拒絕光。

黑暗中，我用牙齒咬著手臂，每咬掉一塊皮，牧師就會答應我的條件，拜託人到山裡頭找瓦旦。當我咬掉第二塊皮膚時，牧師告訴我也許找不到瓦旦；接著，我咬掉第三塊皮，牧師找了警察來和我談，他們說，瓦旦上山是去尋死。我繼續咬掉身上的皮，無法癒合的傷口面積漸漸擴大。

我的四肢被綁在鐵床上，逐漸在昏暗中失去對時間的感覺。

直到有一天，走廊上傳來陌生的腳步聲，喀啦喀啦的鞋跟一步一步靠近，像是機會來敲門。我張開了嘴，用盡所有的力氣，把肚子裡的委屈全喊出來。

啊——啊——啊——

我從門上的玻璃，看見一雙熟悉且仁慈的眼睛，她撞開了那一扇上鎖的門。

朱喜來了。

外面流進來的空氣相當甜美，我身上一處處傷口正在凝結。

「老天啊，他們到底對你做了什麼。」

朱喜不可置信自己看到的是什麼樣的殘酷，不斷向我說：「對不起，你還相信我嗎？」

我連說話都沒力氣了。

朱喜哭了，為我而哭，沒人為我這麼做了。

事情傳了出去。

媒體記者弄得院內沸沸揚揚，雞犬不寧。

我身上的鐵鏈被鬆開了，能在房間自由走動。

那些孩子指責我搗亂這裡的平衡，生活的平衡，他們在我碗裡頭加沙，在我睡床上撒尿，他們害怕我成功逃脫這裡，或者摧毀他們安全的堡壘。我不怪他們，這不是他們的錯，要是有人想破壞我早已適應的生活，我也會這麼做，可惜，我沒反抗的機會了。

陳玉珊來看我身上的傷。

「答應我，別活著的時候像死了一樣。」她說。

「不這樣咬的話，我才真的死了。」我忿忿地說：「掉一塊皮會死？不會嘛。掉兩塊皮會死？不會嘛。就算我皮都掉光，不成人樣了，我也死不了。我這樣折磨自己都死不了，他們憑什麼認為瓦旦死了呢？」

「你這傻子。傷害自己是沒有用的。」

陳玉珊深深地、語重心長嘆一口氣，娓娓說出一個藏了很久的祕密。

「委屈自己並不能改變什麼。我賣掉了眼睛，給家裡好過，他們卻在房子裡種大麻，最後被捉去蹲牢房。我還是成了孤兒。被爸爸弄瞎，只是不想讓人以為我什麼都賣。這事我只跟你說。當世界只剩你一人時，總得找個方法活下去。」

我安慰不了任何人，也難以被安慰。

陳玉珊早看不見了，為什麼還那麼快樂地笑？為什麼以為她的沉重能撫平我的悲傷？她那雙度過無數暗夜的眼窩裡，到底充盈些什麼？

從雲端層層墜落的我，想誠實的時候被誣賴、誤解，語言從來不站在我這邊，我的話句句屬實卻沒有人信，一個孤兒的話怎麼能信？他們全都站在常理那一邊，對真相視而不見。這一切，有哪一項祢替我擋下來？

別說，別在最絕望時解釋。

絕望沒有客觀的刻度，它給予人的恐懼都是巨大的。絕望對每個人都是一樣的，不分處境，不論承受的分量，更多也不能再加重傷害你了。

我耷拉下耳朵，把自己包覆成一層薄膜，不願再張開心型的羽翅，成為育幼院角落的一隻蛾蚋，一隻注定命運的害蟲，忘記當個人的模樣，在汙濁的環境棲息，一隻腐敗有機的病原體，直到被消滅為止。

媒體的關注揭露向日葵家園的積陋，可是，當記者不再熱衷報導，園內恢復運作，牧師又回來了，彷彿這一切都沒發生過。至少，牧師沒再綑綁我。

在我不抱任何希望的時候，他們帶來了一個未被證實的消息。

警官找到一名見過瓦旦入山的人。

那人身上有機油的味道。那人的雙手縱使洗過，指甲縫跟皮膚皺摺處還有黑色汙垢，他的手臂有一塊塊凹凸的節瘤，是個被日子磨蝕的人。他曾跟死神搏鬥過，用所有的氣力。

根據該名登山客的證詞，他在一處營地碰過瓦旦。當時，他正在過濾水源，瓦旦把過濾好的一壺水遞給了他。

他記得問過瓦旦一些問題，「嘿，你是要上山，還是下山？」

瓦旦一邊裝水一邊回答，「上山。」

他還描述那晚下著雨，雨勢越來越大，連帳篷都沒法子搭。好不容易熬過那一晚，登山客收拾行囊打算放棄，這種惡劣天候條件，瓦旦卻表示，他得繼續往前。

「他看起來有點心神不寧。」該名登山客事後回想，「不管跟他說什麼，好像都沒在聽。」

「那晚的颱風造成土石崩塌，幾萬戶停電，山裡頭更是情況不妙，有些房子都被埋了。早知道會發生這種事，」登山客說，「我會勸他放棄行程回家去。」

「孩子，冬天就要來臨了，恐怕我們得暫停找人。」

「等這個冬天過去？」

他們沒有回答。

我從角落裡轉過頭，讓光線逐漸穿透我身上的每個縫隙，我連呼吸都覺得痛。等到冬天過去，瓦旦早化成春泥。我不放棄一絲可能，認為瓦旦還在山的某個地方，他在等我，而祢打算阻礙。

再也沒有什麼可以損失的了，一無所有反而是我探到底的有力賭注。

祢不稀罕我稚幼的靈魂。不打緊，我有加速崩塌的本領。我打定主意上山。再也沒有什麼能阻止我這麼做了。

一天又一天過去，我打算偷附近的登山裝備連鎖店。

那天，店裡的顧客很多，是下手的好時機。偷竊時，我並沒有意識到需要什麼，我把鯨藍色的背包塞進外套裡，那是海的顏色，天空的顏色。等我來到無人之處，背包的沉重使我驚覺到底幹了什麼好事，我心裡想著，等我有能力的時候，一定會還回去的。

新背包裡只有幾件衣物，我偷偷塞進陳玉珊的床下。

我還欠許多裝備，可是，找不到時機下手。店長的眼神充滿警戒，從我進門到出去，他的視線沒離開過。

距離出發的時間就快到了。我只好換個方式，換個目標。我撬開牧師的抽屜，裡頭有一本黑帳、墨鏡、古龍水、一串十字架鑰匙圈。

我全拿走了。

瞧，我沒病，病的是別人。

而我的偷竊行徑全被牧師發現了。

他把黑錢全拿回去。沒收頭盔、帳篷，警告我要是再犯，就送我去警察局。

所有院生的床底下都搜查過了，連陳玉珊的也不例外。

背包沒被找到。

「背包我藏到安全的地方。」陳玉珊說：「我眼盲，但心不盲。」

山那邊，傳來隆隆雷響，是祢的憤怒或是任意的掌聲，不管是什麼，我都視為警鈴。警醒我提防祢的狡詐。即使是險路，我還是來了，蒙祢美麗身影的召喚而來。我想弄清楚人們前仆後繼而來的原因，以及，為何祢帶走瓦旦？

整裝待發的那一天，我牽拉著腦殼對祢說：我的腦袋是我的，我的人生是我的，我向祢要求生命終結時刻的認可，他們找不到，但我會找到的，即使，帶回的可能是冰冷的瓦旦。

我曾經愛過這世界，曾經信仰祢。生死這件事，除了祢以外，沒得商量，也沒人可以商量。

低溫十度。我的身子縮進瓦旦留下的防寒衣裡，這件衣服是他剛拿嚮導資格時，尤瑪買的，用不到五次，舊了，破了。我穿的話，尺寸有一點過大，袖子反摺勉強能用。

衣服內袋有一本小小的登山筆記，字跡潦草，密密麻麻，寫的是每一次登山紀錄，唯一沒寫的是最後一次，那一次瓦旦換了衣裳。

我把筆記放進背包，帶走所有關於我且不屬於這裡的訊息。

一人要消失，很簡單，也很容易。

陳玉珊獨自坐在門口哼歌，她的目眶冉冉在動。頭一次，我發現她的眼窩裡有什麼快流出來了。

「你要走了？」

我沒回話。

別回頭。她說。

她繼續唱歌為我掩護，拐杖擋在門檻上，似乎想幫又想擋。她的髮絲隨風飄浮著一股淡淡的檸檬清香。

我發現越來越喜歡她的笑。那笑容裡有一種純淨的美好，滿足使她渾身散發著柔和的力量。我帶著她的名字上路。默默地背起行囊，繞過門前的陳玉珊，我已經高過她一顆頭了。

趁著大夥兒還未清醒，世界像平靜無波的玻璃水缸，裡頭的鬥魚兒永遠不會長大，只有那麼小，小得連長大的空間都沒有。

我就要離開這兒了。

我沒打算回來。

4 必須讓那東西明白，我什麼也不在乎

「我們的家在哪？」

「巴洛，山就是我們的家。」

瓦旦告訴我的記憶地圖裡，始終離不開山。水也許會乾涸而改道，但中央山脈永遠屹立不搖。

上山必經之途——台14甲線——旁有一產業道路，那兒有一間荒廢的屋子，鐵皮屋頂塌了下來，野草與藤蔓把剩下的殘壁團團包圍，我在那間屋子裡出生，直到瓦旦失蹤才被迫離開。

離開五個月後，我像個陌生人了。對於住了十幾年的老家感到生疏，使我覺得內心有一塊地方破舊了。

搭上豐原客運十二人座的小巴士，從豐原一路搖晃，經東勢、埔里，埔霧公路上有處懸谷式瀑布，我經常在那兒戲水，站在巖盤處釣魚，蝴蝶在山谷間飛舞。再前頭有個彎，它有個名字叫人止關，我想人止關仍舊擋不住人類文明的奇襲，這條路已不再泥濘，碎石與爛泥覆上了柏油，溪谷也沒有洪荒。觀光農場與風味小吃的廣告看板參差不齊，舊看板生鏽倒塌，新看板舊地重設，就怕觀光客找不到消費之處。清境刮掉了一層綠色表皮，裸露出原始的膚色，上頭種了房子、水塔、電線竿。

它長不回去了。

而我的身體逐漸長大。我腦子裡的那塊東西，不曉得長大了沒有。

尤瑪曾在民宿後面的山坡梯田租地種茶，黑白紋、黃棕毛的茶蠶，綿綿密密包噬茶葉，那恐怖又密集的景象，讓我寒毛直豎。布袋蟲至少還會有枯木黃葉簑巢，可是，茶蠶凝死不動的殭屍樣，幻成毛茸茸的黑洞。尤瑪束手無策，茶葉被啃得慘不忍睹，一片葉好幾個洞。

根本除不盡。尤瑪險些哭了。

茶葉帶來一整年的收入，放棄種植使一整年的日子更加難過。

「別哭，總有辦法解決。」瓦旦說。

他消失了幾個月，獨自健行南湖中央尖山及夫婦山縱走雪霧鬧山，拿到了健行嚮導員資格。他帶著從未謀面的人上山，一批又一批，為那些人指出最美的地方，而那些人替我們一家子帶來薪糧。過沒多久，他接著挑戰冰雪期高山攀登，攀登百岳成了許多山友的目標，他也順利拿下攀登嚮導資格。

我和尤瑪以為，這樣就足夠了。

但是不夠。

泰雅男人不會停下腳步。

最高級的山岳嚮導必須完成冰雪期奇萊連峰縱走。那時的奇萊山只有被雪覆蓋的黑。極大的可能性是瓦旦被困在其中某處。我不斷推移事件，直到腦子發熱。

而現在，蒼鷹在山頂上盤旋。車窗出現的景象是模糊狀的。

一天一班的小巴士過了莫那魯道抗日紀念碑後不遠，兩排木柱堆積剖開的木材為牆，屋子在我記憶中尚未荒蕪，眼前，拆除後的屋宇替換掉我記憶中的樣子。

殘壁、頹圮，爬滿苔青。

我比對著眼前的住屋，經過豪雨颱風摧殘，早已殘破不堪，屋簷下吊掛著長串的獸骨不見了。

原來屋子會老，沒有人住的屋子會就地死亡。

車子晃動間，陽光從雲層透下一道亮光，彷彿屋子裡的爐火再次照亮壁面。睡床與爐子的格局，又重新置入我的眼前。

那塊墓園現正積蓄著雨水。

巴夏埋在屋後墓園地下三呎處，而尤瑪躺在左側。隔著一層厚厚的黑泥，我把耳朵貼近，想像長眠是什麼模樣。每當我五體貼地，瓦旦就會把我趕開，要我回屋裡去。

我依稀記得那些小日子。

瓦旦經常拿著一根桂竹桿，在簷廊下弄鳥食台，有時出現幾隻意外訪客——金翼白眉——圓嘟嘟的身子，啄啄跳跳，歪著腦殼，啄食掉落的小米。而尤瑪會在廚房裡弄著竹筒飯、山豬肉跟刺楤湯。香味飄出林子，林子裡挖筍的人會進入家屋，討食一碗湯。

而那些熱鬧的場面已消失了。

我真想用力撥開藤蔓，也許，還找得到那時我用刀刻劃的夢中祖靈。他是祖父巴夏，是族裡出草[6]最多的人，他那深灰色的眼珠子，是我用灰燼塗上的。

在牆上刻劃巴夏的那晚，整夜，整夜，我發著高燒，嘴裡說出陌生的族語。我從一場惡夢中醒來，渾身冷汗，覺得不太對勁。

尤瑪請巫婆過來幫忙。

6.出草指砍下首級。部族以此視為成人、排除爭端、除厄、抗敵的象徵。

巫婆越來越老，越來越矮，卻死不了，她大概有一百多歲左右了。巫婆負責司祭與巫醫，行醫前必須先夢占。

我夢見去世的巴夏回家來忿怒咆哮。我說出夢的內容。

她問我們是否繼續農耕，我們說耕作進行得不順利，結束茶園後，改種小米跟玉米，霜害後，全都枯萎了，最好生長的芋頭怎麼栽種也長不好。

她說：「這是祖靈的譴責，你們做了什麼？誰違背祖先的遺訓？」

尤瑪低下頭向巫婆說：「瓦旦拿錢去賭，全輸光了，欠了很多債。那不是他的錯，瓦旦想籌錢讓巴洛去醫院開刀。」

巴夏在生前並不同意這件事。

巴夏問當時的瓦旦，「用刀切開腦袋嗎？」

「是的。」

「腦袋怎麼能亂開。」巴夏不相信現代醫學。

巫婆表示要先平息祖靈的忿怒，要瓦旦準備醫病儀式，慰解鬼靈以求赦罪。而慰靈祭需要牲祭。家裡連小米都快沒了。

瓦旦說，「我有辦法。」

他許多年都未再打獵，為了我，他重新整理巴夏的獵槍，那一把轟掉腦袋的槍。

傳統獵槍的槍托是檜木製，槍管與套管被銲得死死的。瓦旦花了一番工夫在底部鑽孔，底火才穿得過。他坐在床沿，拆了我心愛的腳踏車後座的彈簧，換掉撞針，他要尤瑪剪日曆當紙雷管，再用冷火鉗捅兩下，放入二三十顆小鋼珠，尤瑪沒來得及遞上第二片紙，他嘖嘖幾聲催促，嚴肅的表情在燈火下令人肅敬。尤瑪急忙遞出第二片，他再捅兩下，往後旋轉機槍。

沒妳的事了，他對尤瑪說。

瓦旦掌底火，尤瑪管爐火。兩人各司其職，分工合作又相敬如賓，我是他們的愛與責任。

那時候，我還沒變聲，喉頭發出柔嫩的嗓音，還能把尤瑪手作的口簧琴吹得嗡嗡響。而尤瑪會拍手、跳舞，腳鈴聲可以傳到屋外，跟部落裡的其他女人一樣。

各種聲音在山谷間迴盪，我知道大自然在傳遞生命的訊息，以一種接力的方式。

我發著高燒，聽見祢布下的天羅地網。雨開始下，暴怒地下，毫無節制。獵徑上的帶角山羊、山羌紛紛走避，陷阱裡什麼也沒有，只有黑色的幻影，山谷裡的雨聲蓋過動物的氣息與牠們的聲音，只有土石崩落的轟隆聲不時傳來。

瓦旦出獵了。

他綁上白色頭巾，雙肩揹上密編的背簍，穿上橡膠雨鞋，往山林鑽。他得開闢一條陌生的道路，找出那些動物的庇護所，把牠們拆散。許久未使用的狩獵工具，瓦旦沒有人幫，他得為他的孩子堅強。巴夏留下的律例中，祭物最好自己狩獵，他從不接受山下購得的物品，那也讓我們的生活在接近九成的自給自足中度過。巴夏再怎麼老邁，他也不會放棄狩獵。尤瑪會拿苧麻撚成麻線織布到部落市集交換油、鹽。尤瑪織的貝珠衣可漂亮了，不過，那是她的嫁衣，除非萬不得已，否則是不賣的。

模糊意識中，四周充滿霧氣，我彷彿看見瓦旦的身影。

暴雨持續地下，我跟蹤瓦旦進入樹林，來到一棵高聳入雲的樹下。

腐竹與枯葉鋪設出一道柔軟的道路。他走著，走著，警覺樹叢裡有埋伏，雨水透進他的身體，汗水從身體裡冒出來，他濕透了。他抽出腰間的配刀，劈開擋路的刺柏，他朝我的方向猛砍、猛揮，用盡所有力氣，他的眼底無畏無懼。

我閃了開來。

他並不是針對我，而是對著一個看不見的敵人。他手裡的板機噴出一道小火光，擦槍走火。爆裂聲悶響刺耳。

瓦旦像是被射中了子彈，摀住了胸口，整個人往後倒下。

我看不出來他掉到哪兒。只聽到他發出野獸般的嚎叫，從山谷傳回到發燒躺在床上的我耳裡。

似夢，那影像是如此清晰。

意識矇矓間，我感覺一股力量把我拉出了肉體，騰飛上天空，穿透森林，用心靈之眼，遠目四方。那是我第一次出竅，世界全然寂靜無聲，只有靜物畫面環繞四周。

尤瑪慢動作向我走來，嘴型忽大忽小，直到她來到我的右耳，喊著我的名字，搖醒昏迷中的我。只記得，我的耳朵迴響著槍管擊發時的巨響，砰，砰，砰，砰。

我倏忽坐起身，大喊：瓦旦——

瓦旦就快回來了。尤瑪說。

她替我擦掉渾身的汗，餵我喝下山泉，清清甜甜，我感覺沒那麼昏沉。

屋外的風狂與躁動漸漸止息，雨滴滴答答踩踏屋頂，屋內那一扇底部破了的木門，咿——呀——打開了。

瓦旦拖著受傷的腳，帶回一隻山豬。

尤瑪不敢相信他怎麼做到的，在這種惡劣天氣，這種好運簡直天賜。

瓦旦沒說怎麼做到的。他不談這個，在尤瑪面前。

當時，我注視著他用頭巾簡單包紮的腳傷，透出褐色的血，可見刺進去有多深。

我掉著眼淚，什麼也沒說。

巫祭展開的時候，我其實好得差不多了，但沒人相信我好了。我蒼白的臉色像失了魂魄。

巫婆用菖蒲擦拭我的痛處。禱詞中，喃喃地喊：這是為祢所獵，請減輕巴洛·瓦旦的病況。

牲血不讓惡運傳染下去，洗淨我們身上的罪，解除禁忌。

祭祀使尤瑪相信事情會好轉，她唯一剩下的就是樂觀。她親身經歷過惡運傳染的可怕。

我母親家的親人接二連三離奇死亡，他們先是發瘋，就像惡靈附身一般，彼此猜忌、爭吵、互毆，以死亡要脅親愛的人；在他們躁鬱、情緒低落時，車禍、跳樓事件來得突然。沒有相同的死亡方式，沒人相信此事為真，死亡證明書上只能填寫意外、自殺。

沒別的了。

無論我做什麼，都會祕密想著這些事，想著其中有什麼關連。

巫祭隔天，我像一隻活蹦亂跳的煤山雀，什麼也沒發生過，使他們更加信服巫婆的司祭奏效，送一大袋小米作為謝禮，那一袋是一個月的存糧。

天剛乍亮。

山雀在屋外鳥囀。

鍋上的小米粥剛煮好，食完後，尤瑪准許我出外走走。

我祕密想著那個近乎真實的夢，趁大家不注意，摸了摸獵槍口，查看火藥擊發的痕跡，再對照桌上的牲祭。奇怪的是，沒有任何彈孔穿過。

等到陽光照進前門，林中的獵徑差不多乾了。

我管不住腳，趁著天氣好轉，我回頭望著尤瑪，她的腰都快打不直了，也許是背著光，她的臉色鐵青，像被抹去了五官，輕咳了幾聲，正在晾祭祀的衣裳。

小屋漸漸成了一個方盒子，尤瑪的身影漸漸縮成小小的驚嘆號。

我不再回頭望了。

走著，走著，我進入針葉混合林，松樹的氣味很濃。

二葉松的枝枒尖上，有個紅紅的點跳動。葡萄酒紅般的頭殼正歪斜瞧著我。鳥巢裡似乎有蛋，公鳥與母鳥輪流護衛，我稍有動靜，牠們振翅鼓叫。樹林裡似乎有東西瞧著我，被注視的感覺由背後升起一股緊張感，細細碎碎的小腳步快速移動。樹叢竄出了兩隻長吻松鼠，牠們正在打滾，正在延續生命，針葉林提供遮蔽及取之不盡的玉山假沙梨，是我闖入牠們的伊甸園，搗亂物種的繁殖。

再往前一點，我來到陷阱處，原處鋪了一層薄薄的松針，蓋住當時的慌亂。

我從沒告訴任何人，在這兒設下一處深穴木樁，更沒想過，它真的奏效。

陷阱捕獲的獵物被取走了。我抬頭看二葉松木的高度，卻並非夢境裡的那棵樹。

事情有些不對勁。任何屬於無法預期的災難性事件要是發生，我都覺得跟我有關，要不然就跟祢有關，並且沒有猜錯。

這有確切證據。

當我從林子回到家，本來好端端的尤瑪無預警倒下，她全身長出紅疹，接著潰爛，上吐下瀉，患上奇怪的痢疾，我的尤瑪變得不像尤瑪了，美麗的腐化正在進行，絕對而矛盾，落地的熟果實正在迸裂，無法阻止，呼吸和心跳漸漸化成一條地平線。

瓦旦和巫醫皆束手無策，送到山下醫治，撐不過一星期便去世了。醫師很快就宣判尤瑪的死亡時間，沒有疑慮的時間，毫無防備，毫無悔改可言。這更添加了家族的死亡疑雲。除了意外、自殺，尤瑪的死亡證明書上又添了一項病死，沒有相同的死亡。不管是先進的醫術或傳統的巫術都換不回我的尤瑪，一股深深的罪惡感糾纏著我，覺得這種病是我傳染的。

瓦旦沒有朝這方面想，他接受一切祖靈的罪責。

我回想著一場又一場突如其來的命運惡作劇，災禍沒那麼單純。在我所處的空間裡，有一股冥冥的力量在干預。更多時候，在我和祢之間似乎還存在著另一股力量。那一股力量經常如同海嘯般撲來，我說不上來那是什麼，既看不到，也觸摸不著，那東西躲藏在神祕的空間，在人們脆弱或是失意的時候奪走他們最寶貴的生命，迅速確實，不留痕跡。那東西之所以如此橫行，如此野蠻，只因為沒有人能指認出來。

那東西知道我在乎什麼。

我必須讓那東西明白，我什麼也不在乎。

巴士漸漸駛離，山路彎彎，我的脖子、臂肘、身軀也彎彎。顛簸的律動把我搖醒，可是清醒對我沒有吸引力。

恐懼緊跟著我。一想到如果回頭，就再也沒有機會。我的內心籠罩懼怕，一股陰鬱始終揮之不去。只要我走進陽光，那股鬱積就會化開，就能繼續呼吸。

凌晨五點半，我離開育幼院，徒步走到車站將近八點半，再搖搖晃晃兩個多小時，穿過國民賓館、翠峰、武嶺，便是松雪樓了。

5 知道自己什麼行，什麼不行

向人提到瓦旦時，我會感到他停留在過去，就好像一下子失去了他。不斷提取記憶中的瓦旦，像製作動物標本一樣，用另一種形式，使他在我腦子裡永遠不老，永遠鮮活地與我親愛對話。

「人在荒山野地待久了，會渴望文明的城市；而我卻發現，城市裡的人，巴不得逃離那裡，混跡森林。」瓦旦說。

我帶著巨大的傷痛印證了前半段。自此，要是徒然抵抗或是被動接受，就會升起窒息感，直到無法忍受而逃離。而我能待的地方並不多。

將近十二點到達松雪樓。氣溫三度，空氣靜止，我的雙頰感到一陣緊縮。

「孩子，你一個人嗎？」一名剛走出步道的山姊，發出吭哧、吭哧的聲音，喘吁吁問。

我被突如其來的問話嚇著了。「噢，我……」

「瞧瞧，我記得你，你是瓦旦的孩子。」

我點點頭。

「氣象預報寒流隨時會來，你這時候來得不對。」她說，「我可不想在這種天氣還得上山救人。」

我向她保證，「要是天氣變了，我不會久待。」

山姊背著一大袋垃圾，以往瓦旦的工作，換人做了。這不該是永無止盡的工作。

我卸下背後的裝備，找個地方坐下，吃些口糧。

一支登山隊伍剛從合歡尖山或石門山方向返回，帶著倦容。停車場只剩兩三輛自小客車。喜歡親近人群的金翼白眉此起彼落，鷦鷯在林間、岩間忽隱忽現，啞嗓發出呷呷聲，時而翹尾，時而跳躍。鳥群始終捕獲人的目光。我也一樣，眼神隨著四處張望。

停車場邊，有一隻高砂獵犬正在覓食。褐眼珠、炭黑毛，短而有力的四肢，肚腹結實。牠抬頭看了我一眼，似乎看透我接下來的行動。我找了一處地方坐下，拿出背包裡的奶酥麵包，咬了一口，碎屑掉落下來。牠緩緩走向我，走路的架勢就像一台逐步逼近的坦克，鎖定目標，絕不後退。

牠把地面的碎屑捲入舌頭，似乎稍嫌不夠，紫紅的舌頭回味似地舔了一圈，盯著我手上的袋子瞧。我把最後一口麵包及袋子剩餘的渣倒出來，引起鳥群的注意，鳥兒尖銳拔高的流暢哨聲，根本嚇阻不了。

坦克迅速解決撒落的屑，眼球裡閃現水一般的粼光。

我叫牠坦克，牠搖搖尾巴。

我叫牠水泥，卻不搖了。

「再見，坦克。」我說。

離日落時間只剩六小時。我得加緊腳步進入奇萊山登山口，展開單日的腳程。

往奇萊連峰的這條山路，瓦旦和尤瑪曾帶我走過一次。那時我才七歲，對什麼都新鮮好奇。我曾經在箭竹草原消失了五分鐘，甚至想不起來，那五分鐘做些什麼事情。當他們找到我時，我在一棵鐵杉下睡著了，蜷縮成一團，身上沒有任何外傷。他們輪流盤問我為什麼會在這裡？

我說：「我不記得了，我不知道。」

瓦旦抓住我的肩膀，要我記住，「山路險峻，你還小，別亂跑，等你再長大一點，身強體壯，就能攻克百岳，挑戰世界高峰。」

我似懂非懂點點頭，覺得下一秒，我長大一點了。我就是這樣想的。

而十五歲的我，身高將近一百七十，不再是小不點了。

天氣不算糟，時而撥雲見日，感覺雲層流動的速度很快。玉山杜鵑處於果期，褪去粉紅粉白的瓣衣，以褐色之姿等待春天，偶爾還能驚見幾朵固執的花蕊在寒冬中綻放，有時龍膽，有時杜鵑。草原步道，緩上緩下，碎石步道兩旁的山芒，風一吹，輕搖擺動，宛如蒲扇，山風拂面，日光節約，總覺得不夠驅趕體膚的寒。

幾年前，瓦旦帶我和尤瑪來的時候，花開得滿坑滿谷，那是春夏盛季，他帶著我們來草原賞花。當我再次踏上這條路，已過了好幾年，花季謝幕，只有草叢中鑽動的風。虎杖成熟的穗在風中飄散，植株漸漸枯萎。尤瑪想採集一些當作藥用，可是，瓦旦不喜歡酸澀的滋味。

「真正需要時，我們再拿，自然界的東西，多拿一分都不好。」

我摘了一株備用。

陽光肆意灑落箭竹林間，晶瑩透亮，猶如置身林海。竹叢騷動變得不規律。有些躁動，有些跳躍，沙沙，嗶嗶。

我的右手邊突出了一團黑。

坦克以不經意的方式，尾隨而至。

我喊了一聲。「坦克。」

坦克胸有成竹，抄到我前方，對我的呼喊不理不睬。原來，我們的友好關係，僅僅建立在剛剛的食物上。群山中，誰又能管得了誰。

是嗎？坦克。

我控制步伐，一呼一吸，走進陽光稀落的林蔭小徑。

路面漸漸縮減，窄狹的山徑就在前方。冷杉與鐵杉混生林群聚蔽天，彷彿兩族爭奪日光與水，沒有其他樹種生存的空間。整條林徑遍布苔蘚，像鋪設綠絨毯。不知名的蕈菇攀木而生，腐葉堆也有一些，狀似野笙，黃的，白的，鮮豔迷人，菌絲在冷杉與鐵杉之間擴張勢力，挑選最佳宿主。我的腳邊，有一朵水滴裙狀的蕈，好似吸飽山露，一株獨秀在枯木上，誘人駐足。

坦克像一隻獵犬般四處偵查，到處嗅聞，沿途排遺，留下氣味，以動物本能記憶這座山林。沒走幾步，坦克似乎遇上未知的東西，在前方不遠處繞著圈子。

一些香消玉殞的杉木皮，被甲蟲蝕掉的形成層掉落地面，如同蛇皮般嚇人。我走近一看，就是這塊蛇皮般的突泡，讓坦克發瘋吠叫，磨磨蹭蹭，猶豫不決，彷彿那一塊皮會突然反咬一口似的，極有可能，坦克曾經遇過類似模樣的東西，讓牠吃足苦頭。

我得讓坦克明白，那其實沒什麼，用腳使力踩，坦克的身子縮了一下，發出一聲，嗚。

「又不是踩你尾巴，坦克。」

我踩踏那塊懼怕之物。不曉得為什麼我的膽識也逐漸擴大，認為從瓦旦那兒學來的知識，足夠應付未知的一切。

我繼續向前，坦克跟了上來，毫無顧忌跟上來了，但保持著曲折的距離，一會兒超前，一會兒殿後，不打直走就對了。這隻愛蛇行的老傢伙。

當我們來到地標，坦克又狂吠。我以為又遇上什麼，等到我來到坦克所在的位置，發現牠對不知名的動物以尿液標記地盤而感到不悅。不過，坦克認為自己的氣味足以蓋掉一切。那一種抬腿的英挺與自信，我沒有過。

盤根錯節的樹根抓住腳下的凍土，土壤樹徑緩緩而上，有些右邊路段架有繩索，走起來相對安全。綠蔭蔥蘢，樹林裡不斷有輕靈的氣息拂面而來，林葉婆娑，簌簌作響，飄散一種神祕的氣味與芬芳，似乎警示外來者闖入，我感覺到一種頻率，百年杉木在私語，用最古老的語言傳遞，不只是風，還有樹靈。

這裡有太多生命的祕密。

小動物不放過這片樹林，吃盡這裡的果實跟嫩葉，而樹也不開花，展開年又一年的報復。食糧漸少，動物開始往更深的山林遷徙，獵人也是。

高山金髮蘚上面有蜘蛛吐絲結網，絲絲繞繞，幅射狀的蛛網中央，一隻人面蜘蛛靜止不動，模樣像在冷笑，蜘蛛用極大的耐心羅織，用無盡的時間等候誤入的昆蟲。

然而，坦克，就這樣滿不在乎穿過了蜘蛛網，瞬間結束蜘蛛嚴密的獵食行動。

我的右手邊是年輪較大的杉樹幹，滿布青苔與寄生蕨葉，有些幼細的樹幹纏繞著髮絲狀的松蘿，像是糾纏不清的情人，陽光揭開這層依附關係，把一些地衣熱到枯黃。

我想念尤瑪捲曲狀的頭髮，就像松蘿一樣，只是她的髮色是木炭黑，不是薄荷綠。我常扯著她的頭髮，像情人那樣對望，在我離不開她懷抱的年紀。

此時此刻，坦克跟我也有了某種關係。我產生了不可思議的念頭，如果我找到瓦旦，想回到破屋，一磚一瓦重建，並且豢養坦克。牠將有個名字——坦克·巴洛。

我一進到林子裡，腦子便毫不自覺進入幻想的世界。

樹鬚上的露珠打濕我的臉龐，帶來點點清涼。竹林像是長髮女子，彎腰交錯，我踩踏過的落葉枯枝，發出嚓嚓聲響。日光灑下竹林間，尤瑪在我幼時吟唱的歌謠，在腦海中迴盪。

尤瑪曾對我說，在懷胎時夢見撿拾一把獵刀。夢占後，巫婆要她開始準備男孩衣物用品，我的出世，令大夥兒沉浸在喜悅之中，但是，尤瑪的陣痛並沒有停歇，她繼續掙扎，淒厲的喊叫劃破喉嚨。

巫婆剪斷一條臍帶，還有一條。我的哭喊聲後，女娃兒接著出生。

尤瑪懷的是雙生龍鳳胎。

誰能預料這種事呢。瓦旦並不在家，他去山裡還沒回來。但孩子的出生不能等。

尤瑪本來就營養不足，當然奶水也不足，兩個娃兒整天都在哭鬧，沒有一刻鐘是安靜的，像是說好似的，兩個輪番折騰尤瑪，女娃兒沒撐過滿月。

後來，在我發高燒，瀕死的那一晚。她表情嚴肅對我說：「不管發生什麼事，記住，你、都、要、活、下、來。」

尤瑪坐在我的床邊祈禱，把這些懷胎的始末，告訴了我。她要我連妹妹的份一起活。而我沒來得及跟她說：更多時刻，我早已感受到早夭的妹妹，在我身體內活下來。

有時，我覺得她站在我的右肩，對我竊竊私語，一種細小的嗡嗡聲響；有時，出現在我感到左右為難的抉擇時刻。比如說：院方及社工為了安排新家庭，請我放下殘存的希望，讓我親口對認養人說出這段可憐的遭遇，好讓他們願意資助我的生活。

我尖叫。抵擋。摔東西。用頭去撞牆。

越用力反抗，這世界的反作用力給我悶響的巴掌。

於是，我懂怎麼說話了。

「我媽媽在我十三歲時病死了。我爸爸在我十五歲時到山裡沒有回來。所有人都對我說：爸爸不會回來了。我只知道這些。」

很簡短，卻是用盡力氣才說出來的。說話的時候，心臟跳動的地方會隱隱抽痛，對任何事物的情感漸漸失去了。

我按照他們認為最好的方式，說出連我都無法置信的結果。對我而言，它是偽造的，沒人能證明瓦旦死亡，而我卻得向所有人證明，死亡確實發生了。

我不再說：我不知道。

他們讓我以為，瓦旦的持續失蹤對我毫無幫助。父歿，這個絕對性的結果用詞，才能讓我往後能繼續存活，才能找個可靠的家庭認養。原本真相未明的失蹤成了虛構認定。即使我難以接受，也沒人站在我這邊。

著實令我精神分裂的時刻，死去妹妹出現了，在我右肩上傳來聲音。一股細細小小的聲音，安撫手足無措的我。

那聲音說：「說呀，那沒什麼的。」

我說出來了。

「我媽媽在我十三歲時病死了。我爸爸在我十五歲時到山裡沒有回來。所有人都對我說：爸爸不會回來了。我只知道這些。」

重複說。一次，兩次。直到他們相信，連自己差點都以為是真的了。

——為了活下去。

坦克似乎跟我一樣也是獨活。不一樣的是，牠看起來一點也不需要別人就能過活。

我羨慕這樣的坦克。

坦克正以自信的姿態在我的前面行走。在同一條路上。

林子裡，有一隻栗背林鴝，挺著黃肚皮，橘紅的胸羽，正啄食玉山小蘗的紅色果實。而坦克以靜制動，盯著小鳥頭殼，忽地飛撲過去。栗背林鴝的羽翼被抓到邊，也僅止於邊緣，振翅而飛。坦克展示拙劣的捕食行動，這場失敗告終的狩獵並沒讓牠心灰意冷。牠抬起前腳，準備隨時起步，專注盯著鴝鳥飛離的路徑，記憶一瞬間的抓觸，衡量下次較量的速度與距離。坦克重振旗鼓，繼續往前走，目標鎖定林子裡其他鬆懈的獵物。

空氣中有揮動繩索的聲音。那東西速度很快，熟悉風的動向。

咻——咻——咻——

但我知道那不是獵物。

坦克也是。

起先，坦克發出連續壓低的鼻音，警戒與確定來者不善的方位。對著幽暗的空曠狂吠，聲嘶力竭，恫嚇我們都看不見的敵意。看不見的敵意使坦克與我成為同一陣線。

崩壁區有落石的聲音。有慘叫聲從遠處傳來。

我走上前去詢問，「發生了什麼事？」

「繩索斷裂，我們從碎石坡摔了下來。」

男人說。而另一個女人身上的傷不太樂觀。她扭傷了腳踝，膝蓋破皮，男人則無大礙。

我拿出背包裡的消毒藥水及彈性繃帶，幫忙包紮。

「我們從奇萊北峰下山，遇到幾個凶神惡煞，只好臨時改變計畫，趕著下山，沒想到下過雨後，土石鬆動得比預期嚴重。」男人說。

「孩子，你最好小心點。」

「前方的路不能通行嗎？」

「我是指，要小心那些凶神惡煞。」男人正為受傷的女人傷透腦筋，「我得減輕一些背包的重量，你願意接受一些用品嗎？」

「我很樂意。」

「都是重裝備，對不起你了。」

「沒關係，或許，我用得上。」

他重新整理背包，把一些用不上的裝備給我，一些高山症用藥、淨水用的碘片，一捆繩索，一具戴在頭頂上的探照燈及高度計。

「這玩意只能參考，寒冷使空氣密度變高而下沉，你所處的位置空氣稀薄，測重量較輕，顯示比實際高度還高。那只會嚇著你。」

「你是說，天氣越冷山越高？」

「沒錯。」

男人把一些碎掉的口糧餵坦克，沿著黑腦殼往後摸一圈到下巴，坦克沒有拒絕，甚至瞇起眼睛，享受撫觸，牠喜歡這樣。

「坦克一路跟著我，可又不太像沒主人。」我說。

「嗯。狗的嗅覺與聽覺都很靈敏，是搜索的好幫手。牠看到的大多只有藍色或黃色。」男人指著我的鯨藍色背包說，「在這片廣大的綠色山林中，牠眼裡只有你。」

「你懂得真多。」

「謝謝你，孩子。」男人說。

「那沒什麼。」

我彎下身摸摸坦克，學男人那樣撫摸，坦克順從我的手。如果男人的話屬實，我怎麼沒想到坦克可以聞到遙遠過去所發生過的事件，聽到遠方生物的動靜。

剛剛，就在剛剛。

坦克看起來孤獨無依，窩在松雪樓，吃些遊客留下的食物，會跟牠搶食的只有不怕親近人的金翼白眉。從骨架來看，三角頭、掃刀尾，牙齒亮白，以前一定長得精壯結實，可惜，現在瘦成皮包骨了。高砂犬的耐操度就像行軍坦克，能走各種地形，當我開始這麼喊，牠似乎樂於接受這個榮譽稱號。我唯一的錯誤，就是給了一小塊口糧，坦克嚼得起勁，一口嗞完。我原本單純給予一份小美好，萬萬沒想到，坦克跟過來了。

在此之前，我跟坦克毫不相干。

男人背起女人，準備走時，坦克猶豫了。

該跟誰呢？坦克歪著頭，像在思考似的。

如果，坦克天真以為我背包裡的糧食取之不竭，用之不完，那麼，如意算盤可就失策了。坦克吐著舌頭，抬頭看我，再看另外兩人，下不了決心，像是在衡量利弊得失。牠的鼻子抬了起來，嗅聞空氣，似乎另有打算。坦克雙耳豎直，彷彿接收到遠方的聲音。坦克的臉上浮現專注接受指令的表情，神經質又強作鎮定。我試著聽，的確與往常不同，我說不上來是什麼，只聽到風颼颼而過。

坦克沒跟上來。而我不能一等再等。

老實說，我有些失落，覺得自己再度被拋棄了。當我以為自己能擁有牠的時候，我到底以為自己是誰？憑什麼讓坦克跟著我？

我什麼也沒有。

獨自一人走了一段路，重新調適震盪的心情，心情像一池平靜的湖水，攪動後，得等些時刻平靜無波。一道冷風從背後纏繞我的身子，把褲管吹得浮貼，啪啪啪，發出聲響。

當我走出樹林，奇萊山北峰就在眼前，深綠暗沉的岩壁，增添神祕的氣息。金黃色的箭竹草原上，總覺得背後跟著注視的眼光，但千萬別回頭看，只要回頭一次，就會想要不斷回頭，就算知道是虛空無物，我仍想回頭。深山裡，不見得會竄出什麼。或許，我惦記著坦克，放不下心了。

正當我心神不寧，坦克站在颯颯風吹的箭竹草原上，鑽進鑽出，閃電般隱現。坦克並不知道我正在擔憂。

這個傢伙。我差點笑出聲，隨即收斂起來。沒露出一丁點喜悅，一丁點都別想。

往黑水塘山屋的路上，草叢裡，有一隻獐頭鼠目的動物鑽動。

要不是坦克冷靜不動，我不會發現異狀。

曠野裡，只有颯颯風聲吹拂草原。

坦克伺機而動，猶如一匹黑色獵豹。第一次出擊，牠撲了空，很快修正策略，壓低身子，換了位置。牠選擇逆風，風不再把牠的氣味吹向獵物，草叢與風隱匿了殺機。這一段蹲下來的時間，牠瞄準目標，再次出擊，雙腳壓制住一隻白面鼯鼠，把牠踩到不能掙扎，狠咬住鼠，準確而快速。

這一幕我眼睜睜看著，坦克不是新手，是山裡真正的獵人。牠給我上了一課震撼教育——就該這麼活！這隻老鼠跟剛剛討來的口糧相較，簡直好太多了，那是真正的一餐，靠自己給的。這一幕震撼了我，我是獵人的血脈，卻幾乎忘了打獵的本能。

坦克咔嗞咔嗞嚼得津津有味，血腥味道在風中飄散。

我不打擾牠享用野味佳餚，接著趕路，我知道吃完後，坦克將有一張腥臭的嘴，齜咬毛皮後，滿足地打幾個響鼻。那是坦克的生活，真實的生活。

牠知道自己什麼行，什麼不行。

坦克有傑出的本能。也許，更早前，牠非得學會照顧自己。牠得離開母親，有個從未見過面的父親，好幾隻跟牠一起搧奶水的兄弟姊妹，當資源不夠的時候，想活下去，就得獨立生活。幸運的話，有一個疼牠的主人，只不過，這種事說不準，如果有的話，何以淪落至此。我也有過美好的日子，何以淪落至此。我一面走，一面想著過往，命運的扭結始終打成死結。

我並不清楚坦克的決心，以為各自有目標與旅程，只不過走的是同一條路。不同的是，我是下定決心縱走完這一條約定的山脊，試圖從腳底下的人生困境中，找到瓦旦，找到攀爬向上的動力與方向，要是不這麼做，很可能在這個冬季結束前，我便不再踏出任何一步了。

說實話，我本來就不認為坦克能跟得了多遠。穿過小奇萊草原時，我沒特別在意，遍野的蔥綠轉成稻黃，玉山箭竹如波浪翻滾，偶爾會驚見一小株藍色的玉山龍膽或森氏杜鵑。陡上路段，我暗自盼望坦克打退堂鼓，只要牠跟不上來，這趟路只剩我了。

但我小看坦克。牠深諳欺敵術。

有時，潛伏草叢中梭巡，讓人難以戒備；有時，無聲墊後，尾隨跟蹤，令人難以掌握。不僅狡詐，坦克的堅硬爪子比登山杖穩固，鬆土坡、盤樹根，牠輕輕鬆鬆跑在我的前面，回過頭叫吠兩聲，像是叫我快一點。我心想，坦克啊，你可別得意，山路迢迢，誰知道前方有什麼等著你。

坦克比我預料中堅強。

到達崖壁，出乎意料之外，錨釘脫落，攀繩鬆了，我攀不著，踩著較大塊不晃動的岩塊，踏實了，才移動下一步。牠可聰明了，亦步亦趨跟在後面，有幾次驚險滑落，都沒把坦克嚇走。

我們站上稜線，陽光在左側默視峰脊，整條黑色背光的山稜剪影只有一個

人、一條狗。

坦克默默跟著，也不表明要做什麼。即使不回頭，斜著瞧稜線上的投影，也能知道坦克是否跟在我的影子後頭。就像我以前也跟在瓦旦後頭。走了一段路後，我明白坦克想證明什麼了，牠知道我需要陪伴，而牠需要一個臨時的主人，我隱隱擔心自己的懦弱。我一直困在渴求陪伴的索求中，從未逃脫出來。

但我不能。我為該死的懦弱感到

可恥，並且打算各走各的路。

前方遠處的山壁吐出一道絹瀑，走出茂密的林徑，再過去不遠就是黑水塘山屋，合歡與奇萊山系的鞍部，立霧溪的源頭流經此處，飄浮而過的灰雲和颼颼的山風，是進入奇萊山的最低點。

我坐在一株冷杉樹下，喝了水。從登山口到這裡差不多一小時四十分鐘，看看時間，比原定計畫晚了一些。我不能在此落腳，黑水塘山屋距離目標太遠，最好別停下腳步。四周一片恣肆的荒木蔓草，山屋低垂著鬆散的堅持，屋頂有兩塊太陽能板，我的倦意微微膨脹，誘使我推開綠色的門，走進屋內看了幾眼。

日光透進鐵條製的窗，把屋內照亮，左右各留下斜照的日影，室內空蕩蕩，只剩一個塑膠空罐，光禿禿的地板就是睡床，一層厚厚的灰塵與沙土。我數著牆上的編號，至少可以睡十來人。蚊蚋嗡嗡飛舞，朝我撲來。

我揮了揮手，把裝備放在門邊，聽到咯吱、咯吱摩擦聲。疲累竄上腦殼。喉嚨乾渴，也許是悶熱造成的，我試著拉開拉鏈，讓山風透進一點涼爽。我打了一個冷顫，身體重得像鉛塊。手臂上的瘡痂，粗糙且乾癢，很想伸手去抓，皮屑剝落，露出顏色較深的膚色。一股疲累襲上身來，只好靠著牆角休息，覺得腦袋很沉，眼皮很沉，四肢很沉。好像有什麼抓住了我的雙腳，再也抬不動。

風一吹，門就靠上了。我的眼皮也闔上了。

喳呼，喳呼。腦袋一直發出這種聲音。

我做了一個夢，淺淺的，醒不過來的夢。夢裡有認識的與不認識的身形。

壓制我身軀的是扭成一團的暗影，像是正在揉掐的黑麵糰，那壯壯的影子好像瓦旦，瘦瘦的影子好像尤瑪，他們跟一個更小的陌生影子說話，小影子後頭有一個大影子，總之黑漆漆的，分不清楚輪廓。聲音吵雜，沒有曲調，沒有歡唱，窸窸窣窣，四五個人正在說話，他們在爭執，在咒罵，反覆說著：他是我的，他是我的。

我抗拒著，但沒有用。

一陣痙攣從腳底竄上鼠蹊，感覺耳垂後面有毛蟲爬行。意識知道自己正在做夢，全身卻動彈不得，沒有力氣睜開眼，我曾有過這種感覺，在發燒那一夜。

那一夜，是巴夏的靈魂站上了我的右肩。

但我沒告訴任何人，並非不願意說，而是喉嚨發不出任何聲音。我像被釘死的昆蟲標本，被迫伸直身體的各個部位，由不得我控制整個過程。等到真正清醒，又不確定是夢境或真實，我無法篤定那是怎麼一回事。

門板有爪子不斷快速刮過的刷刷聲。心窩處，有一種被刨刮的感覺。

汪——汪——汪——

熟悉的吠叫聲不絕於耳。一股濕滑的感覺爬上臉龐，溫熱、細長，帶點臭味卻很舒暢，我摸到滑順的短毛，像梳理過的山羊毛。我能動了，光從眼縫兒塞了進來。定睛一看，坦克的紫色舌頭不停在我臉上舔，一想起牠先前吃了什麼東西，我整個人迅速清醒，跳了開來。

坦克——別這樣。

我用手摸臉，再移到鼻子前聞一聞。啊，果然一股腥臭味黏在臉頰。這股味道想洗掉都難。沒想到，緊繃的臉頰變得軟了，嬰兒般的柔嫩。我慢慢退出屋外，像從另一個世界回到地表，踩在地面上的凹凸感，讓腳底恢復了原先的敏感度。

坦克收起溫柔緊貼的尾巴，有點得意，站得遠遠地，沒有回頭，剛剛的熱情收得好快。好像我還不起牠恩情似的，不等我，逕自往前走了。

鐵杉彎下腰，點點頭，搖搖頭，剛剛如夢似幻的一切是樹影嗎？

我小心翼翼再度揹起背包，覺得腳步輕快許多，擺脫了先前那種無法控制的感覺。雖然，知道此時此刻最好不要回頭，但我還是回頭了。

環顧四周，風在箭竹草叢上翻筋斗，屋後的幾棵樹也沒有異狀。

沒有。什麼也沒有。

突如其來的錯覺與直覺，並不是每一次都能分得清楚。陽光稍縱即逝，我得加緊腳步。

鑽進森林裡，每一棵鐵杉都有不同的姿態與形狀。壓低的側枝，片狀的葉，在風中搖擺，就像手拉著手的神木群，竹林內的坡道，樹根裸露，緊抓土壤，形成梯子，像密布的血管，輸送想上山的人。樹根經過幾次風吹雨打，有的樹倒在路中央，阻斷了路。我跨過形狀不一的林木、碎石、木枝、落葉，有機的腐葉味道充塞鼻腔。

感覺這裡有自然界的精靈在低語。

山路上的碎石與土塊，可以清晰看見零零星星、沾了泥的足印子，有登山客的，也有坦克的。我不禁想，在這看似凌亂又踽踽成徑的山路上，有一千步，一萬步瓦旦的足跡。

下切兩旁都是竹林，林子裡的杉木附生著一片片的橘黃野菇，密密麻麻。走走停停，直到聽見溪水嘩嘩。穿過這片林子，前方就是成功山屋。

而坦克熟門熟路，早不見蹤影了。

6 要了自由

坦克沒有做人該有的包袱。

我想跟坦克一樣，毫無保留信任一個人。

如今，我唯一能信的，只有我自己。

我提醒自己別去想這些，想點別的，想著瓦旦。

成功山屋已有三人正升火炊事，看樣子，打算在此夜宿。其中，高個兒男在溪床汲水，矮子男在弄食物，只剩一隻手臂的老行家坐在樓梯第三階，雙腿夾住槍桿，單手擦拭獵槍。

那個賽德克老行家，巴夏描述過。

百年來，部落之間紛爭不斷，獵首祭的馘首[7]行動，地點與對象逐漸擴大。他們曾打破不獵老者、孩童、婦女的誓言，趁其他部落男人出去狩獵，舉槍掃滅了部落裡的老弱婦孺，等男人們回來，屍橫遍野。

而那並不是第一次襲擊。

巴夏曾經穿上瓦旦的衣服，去了林場，在獵季來臨時。他幸運回來了，帶著敵方部落的人頭。他知道，接下來的日子，隨時會被馘首。

巴夏守護部落，一次又一次。最後一次，他砍下老行家的一隻手臂。

他逃到了札吉斯，想在那兒平靜生活。

老行家也追到了札吉斯。只不過，因為興建水庫的關係，日人要部落遷徙，建立駐在所，監管所有人的行動。老行家取得日人信任，獲得高額的獎金。

巴夏再次逃離，一路向北，在紅香部落躲藏三十幾年。

直到豐年祭那一晚，老行家在火堆中現身。

瓦旦說，「這裡不安全。趕快回家。」

巴夏的死，老行家的嫌疑最大。可是，沒人能證明是他幹的。

回想至此，我不能透露自己的身分，不能讓他有所起疑。

老行家銳力的眼神掃得我渾身發麻。他的耳際到下巴有一道長長的刀疤，疤面晒得黝黑，一口過度咀嚼檳榔的爛牙，身上所有的肉往

7. 原住民稱出草，指將人殺死後砍下頭顱並收集的一種習俗。

內縮，皺皺地布滿露出的膚面，瓦旦的筆記裡描述過，寫下大致的樣子——老行家是個狡猾、奸險，不擇手段的獵人，對付他不能用道理，只能用手段。

山屋外有好幾隻土黃羌犬，是獵人的攫殺狗，敏銳的嗅覺，殺氣凌人。土黃羌犬襲擊坦克，一雙利齒咬傷了坦克的右耳。

原本正面迎戰的坦克寡不敵眾，更換戰術，對老行家搖尾乞憐，冀望老行家嚇阻攫殺狗。坦克遍體鱗傷，滴著血，所有的威勢都轉成伏地求饒，一路上，我沒見過坦克這樣。

冷汗從我額上滑落下頷，心臟砰砰跳著，打算不引起注意，低著頭走過。

坦克卻跟了過來。我聽得到牠喝喝喝的連喘聲，爪子著地的聲音。

身後傳來一句威嚇，「要是敢走，我就斃了你。」

我停下腳步，不敢回頭，連移動都不敢。我猜，老行家的獵槍瞄準我的背，只要不聽指令，他就會扣下板機。

坦克縮到我的腳邊。牠完全懼怕這個人。本以為，他們對孩子或許會仁慈些。

但我錯了。

老行家來真的，朝我的右邊草堆開了一槍，坦克伏地亂爬，閃過槍火。

我整個人靠左邊，跳進草堆，一股熱流濕了褲管。

老行家放聲大笑，似乎經常以此為樂，沒有一絲仁慈憐憫，只有絕對的邪惡。

「把狗宰來吃吧。」高個子男摩拳擦掌，一臉飢饞。

矮子男好言相勸。他說：「看在老天爺份上，放了牠吧。好歹牠曾經跟過我們。」

可是，其他兩人可不這麼想。老行家拿起槍，抵住矮子男的下巴，「輪不到你教訓我，小心我轟掉你腦袋。」

矮子男兩手一攤，「別這樣嘛。我們還有鹿肉呢。」

他們三人吵了一會兒。我跟坦克仍僵在那兒。

即使，坦克被欺負得那麼不堪，牠還是沒走。坦克受傷的耳朵再也不能警覺地豎直，卻仍試著這麼做。牠戒不掉忠順的天性。

殘酷的事實擺在眼前，坦克曾是老行家的獵狗。

他們甚至連給牠一個拙劣且方便叫喚的名字都沒有，嘴裡吹的是呼之即來的狗笛，牠是一隻訓練有素的獵犬，可如今，他們不再需要牠了。

哦，不。我的心糾結成一團。

狼狽的我拍掉黏附在身上的雜草，他們三人的惡行惡狀持續進行，坦克嚇得屁滾尿流，也不敢逃跑，咬著自己的尾巴兜圈子，獵箭射中尾部，箭頭是方形的鐵片。我幫坦克拔掉了身上的箭，鐵片仍卡在身體裡，我把鐵片抽出，要是他們敢再上前一步，我就劃破他們喉嚨。

我心裡頭百般掙扎，放膽子喊：「這隻狗我要了。」

「小子，你說什麼？」

「這隻狗我要了。」

矮子男嘖嘖幾聲，問老行家，「他想拿錢買呢。」

「出多少？」高個兒問。

「牠殘廢成這個樣子，根本不值錢，我肯收就不錯了。」

老行家拿起槍，對著我的臉，「你倒是挺值錢。」

有那麼一刻，空氣凝滯，連風都止息。

老行家的獵槍直直地瞄準我的腦袋瓜，我胸膛劇烈起伏，想像腦袋被打爆，腦漿噴發。我正揣度他會不會真的開槍。

「沒錯。我身上的病，倒是花了不少錢。」

他開槍了。對著我開了一槍。

沒火藥。

我整個人虛脫癱軟。

老行家啐了一口痰，收起槍，往屋子走，沒回頭。他知道我的一切，知道就算我要了他的狗，狗也不見得要我，什麼都逃不過老行家的判斷。

我死命地動起所有僵掉的肌肉，把坦克夾在腋窩，拔腿就跑，跌跌撞撞間，裝備不斷撞擊我的脊椎。山屋上方是一條乾掉的溪谷，溝裡散布大塊的岩石，提供我最佳的閃避掩護。

我們沿著溪床往上走。

我從沒哭成這個樣子，眼淚、鼻涕黏成一團又一團。巴夏去世時，忍著不哭；尤瑪驟逝時，忍著不哭；瓦旦失蹤未明，也忍著不哭。我不知道為什麼現在我哭個不停。

當我跑到再也看不見他們的時候，我整個人跪倒在地上，把坦克放下來。

「你自由了。想去哪，就去吧。」

坦克不停地舔著我。沒走。

「快走啊。」

坦克伏在我腳邊。那一秒的碰觸，像是觸動烽火的引信。我放聲大哭，號啕大哭，彷彿胸口的火山噴發了出來，劇烈抽痛、緊縮、抽咽。

坦克絲毫不懂，歪著頭，用牠拿來溫飽的舌頭，不知所措地舔著我。

舌頭融化了我全身的僵硬，融化了我長久以來的緊繃，融化了我所有的不信任，我絕對不要再讓自己這麼哭下去。絕對不要。

去你的。

去你的。

去你的。

咆哮過後，我慢慢鎮靜下來，抽出水壺，喝光最後一滴水。坦克連我的嘴角都舔了。

有多久沒有被這樣連續親吻，我都快數不出日子來了。

都快數不出日子了。

7 不要什麼都沒做就低頭

山路無止盡增生。

沒什麼能讓我與山的靈性和其內在的神祕背道而馳，這才是最重要的。

如果遠離這塊原始的隆起之脊，是不是也失去生存的智慧？

沒人能為我指路。

右岔路徑開始拉繩陡上，總覺得老行家追上來了。可是，一轉身，又什麼都沒。

日光把我的影子拉得細長，彷彿是黏在後腳跟的跟蹤狂。

我帶著坦克來到連續陡坡，每走一步，就滑落兩步，我們用僅存的力氣來到這裡，我癱倒在坡道，坦克也停下來，吐著舌頭，喝喝喝喘氣。

牠一步也沒離開我。

我擦乾額前的汗水，發現兩腿還在顫抖，已分不清是懼怕引起的還是肌肉使用過度所造成的抽搐。

碎石坡一路陡上，遇見一大片崩壁，雖然有架繩，可是不牢，得小心翼翼往上爬。

早年，這一區只有在小灌木枝椏綁上識別的路條。巴夏帶著瓦旦劈開帶刺的玉山小蘗跟薊草，這段隨時崩壞的橫切崩壁，才有了架繩。巴夏經年累月在山裡架設安全的輔具，這條路徑上有許多拉繩一壞再壞，他總是背起一捆麻繩，來來回回好幾趟，才修復得完。

「破壞總比建設容易，」巴夏說過，「修路是我們的使命。能讓更多人見識到美好的風景，在山裡頭找回呼吸的步調。」

「我們再怎麼做，只有一雙手，一雙腳，一條命，要是只靠我們幾個人，這裡很難維持下去。」

巴夏話裡藏著什麼。

「我們」關鍵字眼跳了出來。不著痕跡在瓦旦的良心上，啟動了不安。

那時，瓦旦想下山闖一闖，失去對山林的興趣。他們的爭執不斷。瓦旦為了巴夏留在部落，卻心有不甘。每次喝醉酒，就會嚷嚷要帶我下山，別跟他一樣待在這，浪費最好的時光。他沒提我腦袋裡有塊東西，積極就醫也不是，放著不管也不是，他不想讓我整天愁眉苦臉，可是，他自己整天愁眉苦臉。

他不明白，我喜歡浪費時光，消磨在林間，捕鳥或捉鼠，挖筍及削竹，在松樹蔭下睡覺，聽風颯颯，雛鳥啁啾。我喜歡山林，連呼吸都感到自由自在，覺得我是大地的一分子。

就算腦袋有東西威脅我的生命，那又怎樣？

樹瘤。我是指生病的樹，即使生命到了最後，樹把所有的養分還給大地。

坦克瞧出我休息夠了。牠站起來，對我搖著尾巴，彷彿說，來吧，兄弟，不要低頭，不要什麼都沒做就低頭。我抬頭看坦克像一隻長鬃山羊般，靈活地在這種地形上行走，牠的腳爪提供強而有力的抓地力，在崩壁上，Z字形前進，一點也難不倒牠。

瓦旦曾說：「如果你開始感到吃力，那表示正處於上坡路段。如果覺得停不住腳步，下坡能助你一臂之力。」

上坡挺好的。總覺得有一股力量把我向上提升，只能往上提升。下坡也挺不錯。毫不費力，加快前行的速度。不管是向上或是向下，看見的是不同的風景。

我想念上坡時的自己。

一不小心，我踩空一處，手臂擦傷，原本咬破皮的結痂又掉了。正好，寒涼的溫度幫我冰敷傷口。

可事實上，我只能低頭，只能尋找腳下的立足點，其他什麼也顧不著了。我無法往上望得太遠，也無法往下看來時的路，這種不上不下的感覺，使我倍感無力。

站穩踏點再踩另一踏點，憑靠的是感覺。可是，感覺又是靠經驗建立準確度，沒有經驗的人的感覺，只是一種不確定的猜測而已。

瓦旦離家最遠的一次，是在我十歲的時候。

某一天，他從山裡扛著將近半噸的垃圾回到松雪樓。他搭上了環保回收車，跟著清潔隊下山。他在便利商店買了一份報紙，開始找工作，面試兩間公司，一份是保全警衛，另一份是大樓清潔，保全沒被錄取，他忘了帶身分證，清潔工作按件計酬，他想了又想，還是決定回山裡收垃圾。可是，他沒錢搭車。於是，一邊走，攔下認識的農場友人，搭便車回家。

瓦旦想到什麼就去做什麼，沒想過怎麼計畫。

「要是你沒遇到熟人怎麼辦？」我問。

「走路回家啊。反正只有一條路。」

尤瑪要他閉嘴，別讓巴夏聽見。可來不及了。

「既然知道是一條路。往上不行嗎？難道只能往下？」

巴夏責備了我們所有人。

「這樣只有死路一條。」瓦旦頂了回去。

「向人伸手才是死路一條。」巴夏說。

他們兩人的立場分歧，冷戰僵持了很久，我是他們父子倆的傳聲筒，穿梭房間飯廳兩端喊話：「吃飯了。」

我只知道捧在手裡的碗變輕了，小米扒進口裡的次數越來越少，小米粥越來越稀，而醃豬肉得吃上一星期。尤瑪把她碗裡的肉夾給我，說她不餓，叫我多吃一點。

巴夏扛起獵槍到山林裡為我們打獵。他年紀很大了，沒像以前那麼勇猛，有時山羌，有時鼯鼠。可有一天，獵區內的牲口變得越來越少了，他說那裡不止一個獵人，金色的毛髮，跟我們長得不太一樣。當時，巴夏的身上有傷。巴夏不肯就醫，認為不過是一點小傷。

屋外來了一個獵人，是個外國人。他要瓦旦帶他進入奇萊山。沒多久，又來了一些觀光客，要瓦旦幫忙背裝備。他帶領登山客征服一座座險峻，拿到健行嚮導證。

四四方方的證照上，有一張瓦旦的大頭照，還有身分證號碼，他拿給我看。我問，我也行嗎？也有身分證號碼？

瓦旦說，「行，你也有。以後你就做這一行。」

我認為登山需要的是堅忍不拔的毅力。除了天生耐操的體格，還要有隨機應變的膽識，直到現在我也還是這麼想。

只可惜他們都不在了。

瓦旦骨子裡還是瓦旦。他下山的次數逐漸頻繁，打點登山設備，費了不少工夫才湊齊。他跟很多人要備品，包括許多想汰舊換新裝備的客人。他覺得伸手向人要並不怎麼樣啊。資源再利用有什麼不對，你說啊，巴洛。

我說，對。

只要瓦旦說的，我都會先說對。

我回想這些有什麼用呢？

卡在崩壁，不論怎麼呼救，也沒有人伸出援手，瓦旦那一套資源共享理論派不上用場。

正當我覺得只能靠自己時，坦克在我頭頂上端一處等著我。要是我沒跟上，牠像一隻山羊一樣，毫不費力來來回回岩石間。

我會意過來了。

牠要我踩著牠的踏點。

當我這麼做時，牠才繼續往前。而有些地方，牠的停頓，指的是，要我抱牠往上，我們的默契越來越好，有時候，我不必喊，牠也不必吠，我們心照不宣，知道怎麼互相配合。

我們成了夥伴。

8 誰說山上沒有小偷

是我無法接受生活帶來的絕望。

作為懲罰，我放逐自己去承受各種危險。即便痛苦且無力反抗。軟弱使我像一頭獵物一般在森林裡奔跑。

一路上，我跌跌撞撞，失去主宰感，被人決定是生是死的感覺並不好受。我的神經緊繃，任何風吹草動，都足以使我的肢體反射性防禦。

稜線山屋是我預定過夜的地點，也是瓦旦每次上山必定停留的落腳處。山屋是太陽能鋁屋，有二間，入口對望。原本打算山屋裡若是有人，我會在山屋上方的營地野營。碰過老行家後，我不敢再抱持仰賴他人的奢望，我不相信人。

我很幸運。這裡沒人。現在不是登山旺季。在入冬之際，寒流隨時可能降臨，有家可歸的人如果可以選擇，何不守在家中等待第一場初雪，守著全家溫暖的爐火，守著彼此的信任。

但是現在，我什麼都守不住了。

待在稜線山屋過夜是最好的決定。我對著屋外的騷動保持冷靜。風的緣故。風把兩片薄薄的窗戶吹得嘎嘎作響，燈光閃爍，窸窣聲像某種不明物從草叢裡鑽出來。夜深露重，濃霧迷漫，伸手不見五指，冷杉如同張牙舞爪的惡靈。

山屋繪聲繪影的山難傳說，像是一顆怪異種子在內心逐漸發酵。

我加緊腳步，避開在黑水塘跟成功堡過夜。當我趕到奇萊山屋，已被濃霧團團包圍，屋頂有太陽能板，LED照明燈六點自動開啟，八點關閉，必須捉緊時間準備飲食。

坦克，你得自己解決吃些什麼。

牠似懂非懂，搖著尾巴，沒對我有任何期待。

岩鷚吸引了坦克，眼光與步伐追了上去，在草叢中打轉，為牠的下一餐，並且完全相信我能成為新的主人，讓牠天性中的忠實有所依靠。

沒有餵食是對的，那會使坦克忘記怎麼使用本能。而我的本能在失去家人後，漸漸觸發，我感覺得到。

出了屋外的土坡往下走，我悄悄地摸黑去取水。

水源有兩處。一處是小的看天池，其實不遠，來回二三分鐘，可惜看天池裡的是雨水，較為黃濁，過濾得花很多時間，我不想那麼快用碘片過濾。另一處是溪水，必須下切山谷。我先去看天池，發現水不能喝，池水附近有衛生紙團，有一些泡沫，一股尿味，讓我對水質沒啥信心，坦克湊近鼻子，聞了又聞，對著池子吠叫，像是有無形的入侵者正在面前。

我嘆了一口氣，「坦克，你到底怎麼回事。」

遠處出現一頭水鹿。

坦克興奮追了過去。

水鹿群立即散開，讓坦克撲空，牠洩氣般回到原地，毫不客氣抬起後腿，對著池水撒下一泡，後腿踢了兩次，鄭重宣示該死的主權。

沒料到會是這樣。

我心涼了半截，只好轉頭尋找第二處水源。我沿下坡路走，找到一間簡易廁所，沒有水源，尿味重。

可惜，一丁點風吹草動，都逃不過坦克的耳朵。

我懷疑坦克不是第一次跟人上山。

坦克快速奔跑跟了過來，從我腳邊摩擦而過，隱身黑路之中，似乎熟門熟路。我們陡上一段路，接著，下拉繩抵達，去程大約十五分鐘。下切一段路，映入眼簾的是一處活水源，可以生飲的水，這種機會可不多了。

「欸，欸，欸，你可別在這裡宣示主權。」

坦克可真是厲害。牠大口牛飲，舌頭探進水裡數十次。

顯然，這一處水源相當安全。

我拿出水袋，裝滿滿的。坦克也把肚子裝滿，寧靜中，聽見池水滑過喉頭吞嚥的聲音。咕嚕。咕嚕。

我回頭走，沒招呼坦克。

黑夜裡，我不叫名字，也不回頭。

我吃了口糧，換掉濕透的衣服及整理散亂的裝備。坦克沒回來。

我開始擔心牠會不會熬不過夜晚的寒冷，凍死在任何一處草叢。走這路，坦克原本不在計畫之內，我無法保證接下來的路途，牠能走多遠，甚至，我覺得坦克忽然消失的決定是正確選擇，即便升起一絲惆悵，卻也如釋重負。接下來的路，對坦克來說太過勉強，我怎麼能讓牠冒生命危險，牠有權利好好活著。即使活著辛苦，也比毫無意義的死去來得強。

我攤開標註好的路線地圖，謹守天候不佳不出發原則，窩在山屋等待陣雨過去。一天下來，不算坦克的話，我僅僅遇到那六個人。後面還會遇見什麼，完全無法預料。

這種心情很複雜，甚至於，我開始明白，瓦旦把我留下來時，會是怎樣掙扎。他一定想帶我走，卻有苦衷，認為留下來對我最好。我並不確定是否真是這樣。

目前能確定的是，山屋只有我一個人。

我一直沒時間讀完瓦旦的筆記。

厚實的筆記裡，只要有一點暗示也好，一句話也好，關於他為什麼消失的原因。

他的筆跡凌亂，感覺他寫字的時候不協調，字跡斷斷續續，處於克難狀態下，勉強寫的。

我環視整個山屋，在角落裡，發現一個哨子，黃色的哨子磨損嚴重，整個兒都是髒汙，有檳榔汁跟菸灰，有人在這兒抽菸。我用剩下的清水沖洗哨子，甩了甩，把水分甩乾一些，吹氣口有一處裂痕，用嘴巴含進去一點，腔室的珠子還能因灌入的空氣跳動，發出哨音，只不過，很容易夾到舌尖的味蕾。

的確是瓦旦的哨子。因為那道裂痕是我弄壞的。

我把哨子收進口袋。

哨音是混濁的，呼嚕嚕，呼嚕嚕。我不斷吹著哨子，揪著心想，這枚哨子為什麼會掉落在屋的一角。

熄燈的那一刻起，身體的疲累壓了上來。但我翻來覆去，無法入眠，腦子裡盡是尤瑪在屋角煮茶水的畫面，那畫面太過真實，連嗚嗚的笛壺聲響都猶在耳畔。震波耳鳴不斷，使我感覺到胸口蒸氣沸騰的疼痛感，頭也痛。再這麼下去，我會爆裂。

我吞下一顆丹木斯[8]，喝下一口水，走到屋外，透透氣。

風止息了。雨停了。

往上走兩分鐘可以換得三百六十度的視野。星軌照亮整片夜空，銀河如打翻的珠玉，數也數不清。

瓦旦握著我五歲時的小手，指著天上的北斗七星，那時候的斗杓南指，春盡夏來，沿路花團錦簇，玉山杜鵑、玉山百合及薊草滿山遍野，瓦旦跟尤瑪大部分時間待在山裡，要不就是正往山的路上。

山屋穿透著片片回憶。真正熟悉山的人都知道，最糟的不是死在山裡，而是在那裡失去理智，只有準備好的人才走得出去。

有喘息聲在樹叢傳來。急促、乾渴。也許是冷杉的毬果掉落下來。當我試著舒緩平靜，有兩粒發亮的眼珠子漸漸靠近，臭味嗆鼻。

坦克，是你嗎？

8.Diamox（丹木斯）高山症用藥。

沒有回答。

我叫了三回，那聲音褪去了。

我走回山屋裡，有些後悔這麼喊。我在猶豫什麼？難道還沒堅定心志，獨自一人找出真相？我為自己的退卻感到羞恥。當所有人都對我說謊的時候，竟然還相信他們會替我找回瓦旦。在我選擇不再依附任何人時，我卻因坦克動搖了。自己一人不行嗎？

屋裡有東西被翻動的聲音，動作迅速且確實。黑暗中，兩顆移動的螢綠眼珠，像是邪魔惡靈，齜牙裂嘴聲，響遍整個寧靜的山屋。

我打開頭燈，發現一隻胸前有白毛的台灣小黃鼠狼正在偷背包裡的食糧，那山賊身手敏捷，百分百是個慣竊。

滾，滾出這裡。我咆哮著。

台灣小黃鼠狼文風不動，黃鼠狼不怕恫嚇，不怕人類。

我用登山杖驅趕那巴掌大的身軀，可是，隔不了多久，牠吃了熊心豹子膽又回來繼續行竊，我發現屋子角落有一個洞，牠就是從那小洞進來的。更慘的是，我的食糧被偷吃掉一半，非常糟糕！

太大意了。

遇上這隻山賊，我是又生氣，又委屈。氣自己沒注意中了圈套，委屈的是，我倒寧願那些食糧給坦克，也不願就此糟蹋了。因為我的疏忽，使處境更加艱難，真對不起坦克。瓦旦借大筆負債時，是不是也中了圈套，不小心掉進他應付不來的處境？

我又想哭泣，但忍住了。

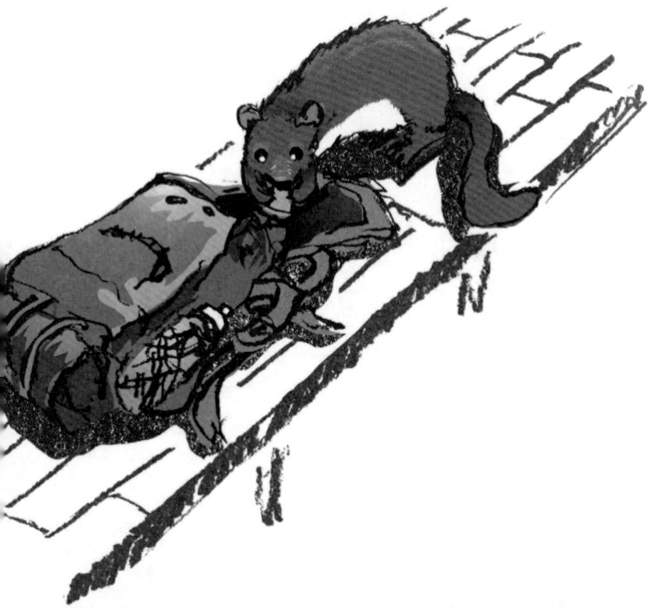

可是，這裡沒人看見我的軟弱，為什麼還要忍著不哭。

我坐癱在地，嚎啕大哭。我累了，再也管不住自己的軟弱。哭沒多久，我想了想，哭泣只會更加飢渴，渴了，餓了，還得摸黑去取水，還得浪費僅有的食糧，只會給自己帶來麻煩，實在划不來，我連眼淚都想省下來。

重振精神，清點糧食。我不能害怕，不能放棄。接下來，只要嚴格控管用餐的頻率，從三次減為一次，以行動糧填塞飢餓的空檔，山裡沒有多餘的食物，要是一不小心，我就成了大地的食物。如果撐不住，就得撤退再來，而我再也沒有下次機會。心裡清楚知道，這是一次相當艱難的攀登。

我坐下來冷靜想了想，刪減路線是比較好的應變辦法。

我左肩感到一股沉重的壓力，驅使我作出危險的判斷。如果順利，走能高南峰，不順利的話，從屯原出去。

曙光漸露時，雲海波濤洶湧，劃出一道藍染天際線。月牙邊有一顆極亮的行星，黑色天幕從底部有了漸層橘色。

就在這一場大亂中，不知何時，坦克蜷臥在門口的位置，靜靜悄悄地。我整理散亂的物品，發出鏗鏘聲響，都沒能讓牠抬起頭來。到底牠做些什麼事去了？我擔憂糧食與裝備不足，接下來的路途充滿危險。理智上，我該不告而別。

「坦克，別來。」

牠的兩粒黑眼珠燃燒著一股興奮之火，晶晶亮亮。

我抓起地上的一把泥土，朝坦克丟了過去。牠閃到一邊，歪著頭殼，不明白我為什麼這麼做。

傻瓜，別跟來！

我緊握著食糧，顯得不知所措，繞了山屋一圈，假裝往上爬，又快速繞到屋後，看能不能支開牠的注意力。但我感覺腳後跟有一股毛絨絨的東西在鞭打我的褲腳。黑尾巴沾了不少芒花的坦克，以為我要跟牠玩遊戲，吠叫聲逐漸音調升高。我又快速繞三圈屋子，突然往上爬。

那傢伙早就在上面等著我了。

「你到底要跟到什麼時候？」我問。

牠急促發出汪，汪，兩聲。

汪，汪，指的是什麼呢？我聽不懂。

我拿出哨子，吹了幾聲。

「瞧瞧你。」

坦克完全屈服在我的腳下。睜著無辜大眼的模樣真叫人喜歡。

我沒有說應該往哪兒走。但，坦克知道，在清晨稀薄帶有冷杉氣味的空氣裡，在魚肚泛白的雲霧時刻，牠搖著尾巴往稜線走了。

突然，我有一種聯想，只是極度微小可能的聯想，該不會坦克跟過瓦旦？

黑幕撤離，橘紅色的天空，紫雲翻騰。我的腳邊有幾株石松，毛絨絨的孢穗，在七歲那年的夏季時一片油綠。

我正在猶豫。

坦克。如果你真的要跟來，那麼，請幫忙我找到瓦旦。

9 沒有哪條路正確還能走得輕鬆

風聲鶴唳，颯颯呼嘯的聲音幾乎穿過山脊東面的每一處。

卡羅樓孤挺駐守著連綿的山城，抵禦太平洋的颱風與氣流，年復一年，斑駁的山面輕輕一碰就剝落了。

警告標示牌上寫著：

卡羅樓至奇萊南峰為探險型登山步道

沿途險峻請注意安全。

瓦旦邁向山岳嚮導員[9]資格之路就是這一條。

這段鋸齒狀的稜線狹瘦綿長，寬度窄小有些不足一尺，遠看像牛魔王頭上的銳角，若是一股作氣到天池山莊，縱走長達十三小時的耐力挑戰，到達時，天早就黑了。

瓦旦說過，這一段路相當危險。沒想到，眼前的斷崖是這個樣子。

連雲疊嶂在我的腳下翻動，四面絕壁，我站在雲端上的山尖，三

9.登山嚮導員按難易度分三級：健行、攀登、山岳嚮導員。其中，山岳嚮導員必須完成A或B項路線：A、冰雪期玉山北壁劍溝六條公認路線之任何一條。B、冰雪期奇萊連峰縱走。瓦旦走的是B。

百六十度視野內，沒有幾處高過於此的連峰了。

烈烈的寒風左右夾擊，沒有一處可以避風。山崖兩旁沒有任何可以停步的喘息點，大霧遮掩了斷崖底下是萬丈深淵的景象。這裡是中央山脈的脊梁，它就像是一條隨時破碎的鋼索一樣。鋼索雖然細，可你知道它是堅牢不易斷的；可是，眼前的山脊，只要用力踩，土石就鬆動了。

每踏出一步，我整個人就冒冷汗，每站穩一步，就吐出一口氣。有些山尖被樹叢擋住了去路，沒辦法腰繞，只能穿過去。

國家公園管理處在此處設置拉繩，確保安全。這一條天險之路，巴夏及瓦旦都走過了。

前方峭壁的某些踏點，通過時，得注意陣風，蹲低身子，手抓著玉山圓柏或玉山杜鵑的樹根處，才有辦法踏出下一步，一不小心摔下去就會粉身碎骨。

難得的是，坦克沒有跑在我的前頭了。牠在我的後頭，一直裹足不前。不管我怎麼呼喚，牠四肢不動，發出嗚嗚求饒的聲音。

強風把外套吹得鼓脹，我像熱氣球般，兩腳都快騰空了，更何況坦克。

事到如今，我該不該放下坦克？如果我真這麼做，算是遺棄牠嗎？

站在坦克立場，牠有什麼義務得陪我出生入死？牠也是一條可貴的生命啊。我在良心與私心之間天人交戰。

要是瓦旦在這裡，他會怎麼做？

仔細想想，瓦旦可能會丟下我。事實上，他就是這麼做了。前方並不安全，極可能是一條死路。

換作是我呢？

坦克發出咿咿噢——

我是懦夫。反正，是生是死，只有祢才知道，糾結又有什麼用呢。我回過頭去，把外套拉鍊拉開，把坦克緊緊抱進懷裡，塞進我的胸前。

坦克不習慣彎曲四肢，在衣服裡頭鑽動不安，我輕撫牠的頭，等牠準備好，等牠相信我，等顫抖的身軀鎮靜下來。看樣子，坦克早打算把命交給我。我是知道的。

「好了。我們走。」

使用登山杖測試每一處不確定的踏點。敲擊的達達聲，在耳際迴盪。

「坦克。我們要上攀了。」

斷崖傾斜的立面使鞋面的抓地力不足，一旦滾落，就是直達天國。一陣陣的水霧乘著強風吹襲而來，我的雙手凍得僵硬，沒什麼知覺，低溫持續下探，波詭雲譎，降雪的機率升高了。

這一處發生山難的機率高得嚇人，萬一瓦旦從這裡掉下去，任何人都找不到的。詭譎的氣候，連救難直升機都難以靠近。我祈禱老天爺別捉弄人，瓦旦不會掉在這連屍骨都找不到的地方。

我可不想死在這裡。

趁著天氣還沒變得更糟，再也不能耽擱時間，我必須全神貫注通過卡羅樓斷崖。

坦克窩在我的胸前，濕淋淋的毛皮蜷縮成一團，溫暖著我的心臟部位，原本緊張僵硬的身軀也慢慢在我懷裡逐漸鬆軟。

「坦克，我們會沒事的。」

我打起精神，步步為營向上攀崖，卡羅樓山就在前方。過了這個山頭，有一處碎石瀑，風化後的岩塊，形成一片片的脆岩，為了確保安全，我試著掰一掰，啵一聲，就掉下來了。

可想而知，要是我踩到滑動的岩石，整塊土石連環崩落。這些岩石色澤灰白，要是陽光再強烈一點，整片岩石區反光，盯著，盯著，產生類似雪盲效應的話，不慎失足的機率升高，很容易一命嗚呼。

坦克早瞇起了眼，蜷縮成團，似乎知道這段路也使不上力。

「交給我吧。坦克。」

我放慢垂降的速度，在兩座山頭中間的鞍部稍稍喘口氣，繼續邁步向前。

來到下一處最險峻的稜線。

右側坡面有連綿的灌木叢，玉山杜鵑和圓柏，霧散之間，看得見立霧溪；左側是垂直而下的崩壁，崩壁是向原侵蝕的源頭，底下是萬丈深谷。一陣強風吹拂，我壓低身子的重心，避免失足，一失足便成千古恨，沒有生存的希望。

左側的霧開始盤桓聚集，遮掩住兩側令人懼怕的深淵。山脊兩側簡直是兩種氣候，兩個世界。

雨霧要是再多，稜線更加濕滑，危險的程度逐漸攀高。坦克也醒了。

我對牠說，「別怕。我們會過去的。」

事實上，這句話是說給我自己聽的。

過了稜線。

面對的是垂直下降十公尺的高聳岩壁，已有架設繩索。我拉一拉繩索，感覺韌度是否還夠，雨水的酸性使繩索有斷裂的可能，岩石左右兩邊各有固定環，沒有鏽蝕，還能再利用。

要是瓦旦在這裡，他會怎麼做？

怕死就不能偷懶。

沒想到男人送的繩索派上用場。我用新的繩索穿過兩處固定環，繞八字結，邊理繩，邊拋繩。

垂降到一半，感覺不太妙。踏點並不好找，甚至沒有踏點。腳底滑溜過平滑的岩壁，僅僅倚靠臂力垂降下去，我貼著岩壁面，踩空一處，盪來盪去。坦克被岩壁撞疼了，四肢在懷裡亂蹬，更加劇了平衡感的失去。我的腳一陣亂踏，臂肌快要撐不住了。好不容易，我的左腳勾到一處岩塊，暫時緩和懸空的情況。

往下望去。剩下五分之一著地，那可不是平面，只不過是緩陡地區。

來到碎石坡區，放眼望去一片荒涼，能行走的路並不明顯，如果走錯方向，踏進滑動的區塊，那會是多麼可怕的災難。

我跟坦克在這一片石漠中移動，發現好幾處錯落的疊石記號，用石頭疊成人形，一疊、二疊、三疊，疊石的排法，像是瓦旦留下的記號，指示著前進的方向。其中有一處特別明顯且等同我的身高。

我站在疊石處比對身高，少了一顆頭的高度。

一股酸楚從我的鼻腔竄了出來。

極大的可能顯示，這裡是巴夏被爆頭的第一現場。

我虔誠默禱，只容許自己片刻扁嘴，我的內心升起另一股希望。假使是瓦旦疊的，不就表示，他通過這一段天險之路了。

坦克伸出舌頭，舔我臉上的淚。牠總是知道該怎麼安慰我，使我想和祢之間重新建立起關係。

走出了碎石坡，我放下了坦克，牠的頭一百八十度左右猛搖，壓扁的散亂毛皮抖了開來。這段路可把牠悶壞了。

前方是一整片台灣冷杉林。

高聳蔥綠的冷杉正對著我搖擺，對著走過天險之路的我招手。

我想著瓦旦就在前方，就在前面的某處等著我。

10 假如一棵樹在森林裡倒下

冷杉林裡的水氣不斷聚集，尤其是這個漫長而空洞的冬天，就像浸泡在水裡。

我整身濕淋淋的，加重整個裝備的重量。坦克的毛髮緊貼著皮，沒時間把自己舔乾。走過漫長的險路，我們沒有進食，連水也沒喝，一路傻走，沒停過。

糧食被黃鼠狼偷吃一半，只剩三天存量。

我把希望寄託在這片冷杉林裡，用獵人的天生本領。

剛剛石瀑區的碎石間，發現稀稀落落的野草莓，數量不多，我摘一些鮮紅的果實果腹，酸甜的汁液在口中散了開來。

坦克先行前導，告訴了我這片森林裡有些什麼。坦克比我有體力，鑽進樹林裡，活捉一隻森鼠，淡黃褐色的尾巴還在掙扎，牠咬在嘴裡給我瞧，並沒有像之前那樣逕自吃了。

我砍下勒度夠的箭竹，拿出刀片，開始削尖，做成一把短弓，再用老行家射在坦克身上所留下來的鐵片做成箭頭，一把獵弓大致完成。這是巴夏教我的生存技能。

森林裡有許多細碎的聲音，像胃在消化食物，腐化及有機正在進行。

那聲音像在說：「有些東西，你得自己去找才看得見。」

坦克也察覺到了。

噓——

拳頭大小的山雀、藪鳥的聲音叫成一團。我壓低身子在箭竹林裡躲藏，發現杉樹梢站著一隻松鴉，松鴉會模仿藪鳥的叫聲，那隻松鴉正用堅硬的嘴鑿啄果殼。

我拉開弓，腳下的位置相當泥濘，視野被一片林葉遮掩，松鴉蹦蹦跳跳，換了位置。我重新瞄準，巴夏狩獵時的專注神情灌入我的腦袋，他的眼神裡沒有一絲猶豫。正當我的右手往後拉弓，感覺跟剛剛不一樣了，臂力穩健許多，彷彿有人托著我的雙手，告訴我正確的方向與放手的時機。

竹箭射過林間，精準而絕對，松鴉掉落在地。

按照獵人的習慣，在上弓臂劃一橫，方便獵人計數狩獵物的數量。

感謝大自然的恩賜，感謝祖靈。松鴉幫我渡過了一餐。

有了忠誠的獵犬坦克，有了足以狩獵的弓矢，縱使山路迢迢，我不再如同以往那般懼怕。這使我明白，獵人體內的地圖指的是判斷山的角度、樹木生長的方向及疊石記號，在各種地形中，選擇正確的路。

經過這些事，我明白了更多。

假如一棵樹在森林裡倒下的聲音，沒有任何人聽到，這個聲音是存在的嗎？我們人類定義聲音的存在，是因為我們感知到聲音。假如人類不存在，是不是就沒有聲音？

假如瓦旦在這裡倒下了，而沒有人看見呢？

我相信，這條路對瓦旦並不太難，他不會在這處森林投降的。我依舊時時刻刻感受到巴夏和瓦旦給我的力量。對我來說，他們依然存在。不管生理上的生死如何定義，他們就以那樣的精神形式，一路引導我。只要我還活著，瓦旦就仍活著；只要我想著瓦旦，他就存在於我的世界。

我要活著走出去。

像是握住生存的本能，知道活下去是怎麼一回事。坦克已經熟悉我身上的氣味了，包括這件外套還留存瓦旦的氣味。坦克用靈敏的鼻子，地毯式搜索這片山林。

四周有獸徑、獵徑。獵徑周邊埋下好幾處陷阱，如果獵徑是瓦旦用獵刀劈開的痕跡，那麼，這一條野獸路徑的寬度看來，簡直是一隻龐然大獸。我走近一瞧，心裡頭有一股「該不會……」的預感。

前方不遠處，坦克瘋狂吠叫。

那叫聲是發現的呼喚。

我急奔而至，坦克猛聞，猛吠，猛搖尾巴。

一棵聳入雲霄的杉樹映入眼簾。我走過去，發現四周有許多凌亂的腳印。腳印很深，屬於成年男子。我用瓦旦的登山鞋套印，差不多大小。我撥開樹下的落葉堆，反射出鏡面般的光亮，我挖開樹葉，發現了一把獵刀，長長的刀柄，握柄處捆滿麻線。那是……

我跪了下去，跪在那裡低頭抽泣。

那是瓦旦的獵刀。

獵刀上有血跡。跡象種種看來，不是遺失。

我走到陷阱，裡頭有一隻山豬，死亡已久，有抵抗過的痕跡。

也許是老行家，也許是別的獵人所為，我不知道為什麼瓦旦的獵刀會在這兒。假設他遇到跟我同樣的處境，糧食不足，那麼，唯一的可能就是，他因為缺糧偏離縱走的路線，到旁邊的林子裡尋找獵物，遇上了難以對付的獵物或是掉進獵人的陷阱。

陷阱不止一處。以樹為中心，從這裡到那裡，半徑約一個成人左右，連續陷阱，對付成群的鹿，不留活口。圈套幾乎都觸發了。

獵刀只用在開路、防禦跟狩獵，瓦旦因為其中一個原因使用了。

千年杉樹上好幾處彈孔，還有獵刀砍過的痕跡，箭竹林下的落葉也沒有腐壞的屍骨。不可思議的是，我發燒那晚的夢境，竟如實呈現出來。

陷阱、山豬、彈孔。還少了什麼。

我沿著模糊的鞋印，在四周搜尋了一會兒，最後一枚的方向，出了樹林。我可以從泥土留下的痕跡看出全部的動靜。這些並不是瓦旦設置的陷阱，相反的，瓦旦掉入其中一處吊子，懸空在這樹上，他拿出獵刀，砍斷繩套，掙脫後，受傷了。而他恰巧碰上獵人，獵人對他開槍，瓦旦逃出樹林。

我在那一棵千年杉木下疊加石塊，作為識別，再把獵刀放進背包裡。

這裡不是最終現場。

目前所看到的一切還不能決定他是死是活。我寧願相信他活著，安全離開森林。唯一可以確定的是，他絕對不是自殺。他有強烈的求生意志，和整座森林一樣。

當我抬起腳步，發現自己迷失了方向，早已偏離了原本的步道。林中的密徑條條相像，走來走去又回到原來的地方，完全弄不清楚哪一條路才是正確的。我抬頭看，茂密的樹林遮蔽了天空，四周的幽暗不斷向我靠攏。

黑夜讓所有的路看起來一樣，探不到盡頭。很久沒喝到水，嘴唇開始破皮了，感覺皺皺的，用舌尖去舔捲起的嘴皮，有裂開的凹凸感，就像手掌的繭，口腔內壁附著頑強的餅屑，胃裡的乾糧消化得差不多了，鯨藍色後背包裡還有幾片，行動糧不好消化，吃多了會讓人作嘔、反胃。但我只能靠這個，也只有這個。

我聽到了一股聲音，沙啞如鬼魅般地低語。

留下來。

你留下來。

我們要你留下來。

冷杉樹幹像一張張猙獰的面孔，對我張牙舞爪。心跳聲如同擂鼓般漸漸放大，我不斷喘氣，冒著冷汗，背後有一股陌生的荷重擠壓上來，腳底竄上一股寒氣，這種惡靈纏身的感覺，使我的四肢想動都動不了。

不對勁。

我拚命剝落手臂上的結痂，疼痛的感覺使我頓時感到清醒。我掏出瓦旦的哨子，吹了一長聲。坦克像箭矢一般，從箭竹林裡竄出，撲向我的腳邊。

「坦克，快，我們得離開這裡。」

我的慌張使坦克警覺到森林裡流竄一股詭異的力量。我跟在坦克的後面，在箭竹林中鑽進鑽出。

遠方閃電劃破雲霧。

沒想到，雷雨交加，閃電打在林裡，一棵杉木應聲倒下，正中我剛站立的位置。遠處悶雷隆隆作響。

坦克被這一陣雷雨嚇著了。

雨水鬆動了土壤，路變得更加泥濘。

森林變成另外的樣子。就像一座不斷移動的迷宮，一條看似出口的走道，卻處處碰壁，一不小心可能掉入陷阱。

我不知道剛剛發生了什麼事，連頭也不敢回地往前走，失掉魂似的，想加快腳步，卻怎麼也抬不起腿來。

樹林裡有一雙窺視的眼睛，我感覺得到。一雙、兩雙、三雙慢慢聚攏，他們從黑水塘山屋一路跟著過來，他們吵雜又喧譁，像高壓電塔傳出滋滋聲，干擾我的視覺、聽覺。

本能告訴我，那東西追來了。

坦克不斷朝著樹林裡吠，聲音變了，眼神也變了。全身警戒，並且毛髮直豎，用盡全身力氣發出狼嚎一般的叫聲，格外淒厲。

空氣中有一種凝固的物質，像薄膜一般把我包覆，幾乎喪失語言，接收外界變化的耳朵、眼睛、鼻子被密密封住，隔著一種抽離的感覺，像氣體一樣被無形包覆，彷彿擺脫了渴望被人關愛的軀體，被屏障在一塊真空的黑暗空間，呼吸變得急促而不規律，滯留難受的胸悶。

黑暗正吞噬我這個微微發光體。

千年的杉樹後方出現一隻水鹿。牠頭上的兩根鹿角彎曲的弧度就像女人的蓮花指，美妙而優雅，身體獨特的褐色漸層彷彿年輪，水鹿的眼神充滿靈氣彷彿看透所有的一切，耳朵搧動的時候，風為牠改變了方向，落葉像龍捲風般捲起一層樓高的漩渦，四周的杉樹葉都在旋轉，鹿鳴聲起，那股黑暗的勢力逐漸離去。

我想起來了。

七歲時，我無端失蹤的那五分鐘的時間裡，見過牠。

原本，我只是想跟瓦旦和尤瑪躲貓貓。當時，比我還高的箭竹叢裡，遇見了這隻沒有斑點的鹿，我們四目對視，我追著牠走踏的獸徑，累癱在一片荒蕪的草原。模糊中，我感覺整片前胸貼著柔軟的皮毛，而皮毛正在緩緩移動。

一切都安靜了。

正如水一樣的形態變化。惡靈降臨時，凝結了我的生命；祖靈出現時，如液態流動的意念帶我走出邪惡的地域；神靈則如同氣體進入我的意識，使我在萬物之中認出純然的自己。

大自然的神靈釋放了我這一條軟弱的生命。

我就這樣跌跌撞撞走出了森林。

眼前的步道平緩寬敞，彎彎繞繞，一個山頭接過一個山頭，一眼望不盡的箭竹草坡，被雨幕洗刷得更加翠綠。我必須往前走。

正當我以為所有的危險離去時，森林裡傳來連續的三聲槍響。

砰——砰——砰——

11 內在的戰爭

老行家追來了嗎？

無從得知那三聲槍響瞄準了什麼。水鹿是否能安然逃開？

我的軟弱帶著坦克一路奔逃，連頭也不敢回。

到達天池時，夜幕早已來臨。我摸黑走了一段，夜已深邃，非得戴頭燈才能看見路徑。但是，我連頭燈都不敢開，深怕洩露自己的所在位置。

坦克沒有這個困擾。

再過去是天池山莊，登山客心目中的五星山屋，我沒申請床位，也不打算去，更何況老行家有很大的機率落腳那裡。

池水粼粼波光，我跟坦克快步跑了過去，清徹的池水看上去還行，也管不著太多了。蹲下，喝水。冰涼的池水滑過喉頭，四周慢慢飄下冰霰，夜晚的氣溫會在零度以下，降雪的機率很高，一不小心，很可能在睡夢中，一覺不醒。

情況相當不利。加上紮營的時候遇上了麻煩——營帳破了。齒痕是黃鼠狼的。沒想到這隻山賊那麼陰狠。

僅僅靠睡袋容易受風寒，頭也會疼。我利用支架折彎成三角鐵形，找個背風面，把營帳鋪蓋其上，拔了一些箭竹遮蔽。坦克可樂了。對流浪慣的坦克來說，這才是五星級。至少，這樣我跟坦克可以窩在一起到天明。

折騰了一整天，我不打算生火，生火會洩露所在位置。正好可以省下所有的力氣，好好休息。

我把糧食一分為二，分給了坦克。抽手時，手指留下尖牙的咬痕。牠狼吞虎嚥，似乎不夠，完食後，又對我搖著尾巴索討。

飢餓是個無底洞。

一路上，坦克吃得不多，我也是。共患難，當然也要共享福。我鐵了心再拿出一些口糧，坦克忍不住撲了上來，全吃了。我的一時心軟可能會在兩天後變成殘忍，畢竟，食糧沒了，我們能不能走出這裡，是未知數。

理智告訴我，如果物資缺乏，真的走不下去，就得認輸，從屯原登山口出去比較快擺脫後面追來的獵人。可要是，瓦旦真如我所料，去了能高南峰從霧社出去，或是去了牡丹岩祈求祖靈的原諒。在任何可能性都不能放過之下，我還能走多久？

飢餓和寒冷我還忍得住，但恐懼難纏。恐懼使我緊繃。

黑暗中，有一群人穿過碎石區的聲音。

我摀住坦克的嘴，怕牠發出聲響。

「老大，那小夥子會不會在這兒？」

「依他的腳程，應該在附近。他逃不了多遠。」

說話的聲音漸漸遠去，他們走了。

我整個人虛脫癱軟下來，雙手鬆開坦克。

夜，黑黑靜靜，氣溫持續下降，完全沒有光。

我們依偎著彼此的體溫，坦克蜷縮起身子，窩在我的腳邊，瞇眼入睡。

在路上，手臂上的傷口又增加好幾處，一旦靜下來不動，便感覺到螞蟻咬上身的搔癢難耐。不知道能撐幾天，我還有兩天食糧。

箭竹覆蓋上霧淞。

我仰望著天空，細雪輕輕緩緩飄下。

這個冬天第一場雪。我想念巴夏，想念瓦旦和尤瑪，每年降下初雪，不管多晚，他們會叫醒我，一起仰望天空、祈求平安、喝酒、吃米粥，爐火不能中斷。我多麼想再次擁有那樣的平凡日子。

雪掉落在手掌上，我不斷搓熱雙手，不敢入睡。

夜，就這樣一點一滴磨過去了。

直到天光微亮，坦克熱呼呼的舌頭來回舔我臉頰。

不知不覺中，我睡著了。

雪也停了。

池邊覆蓋一層薄薄的白雪，整片鋪上棉花似的大地，閃耀著迷人的純粹。

脫下的鞋子硬得像石塊，我敲掉鞋面上結凍的冰雪，把冷腳套進去，鞋子感覺小了一號。

我和坦克在池邊喝了一些冰冷的雪水，雪水把小小的黑鼻尖凍得猛打噴嚏，坦克整個兒精神抖擻，抖了抖身上的毛髮，抖出的水花飛濺到我臉上。我潑坦克冷水，牠逃開。我們追逐了一陣子。

天氣晴朗，一切靜悄悄，雪盲效應來了。

我的眼睛開始視力模糊。

戴上牧師的墨鏡後，世界換上了另一種墨色。坦克發出警戒的低嗥。

「坦克，是我。」

我們加緊腳步，逃開老行家的追獵，在能高越道上持續縱走。

過了光被八表，立有指標，通往能高主峰安東軍山的路在眼前展開。沿著稜線，上至東西線六十三號電塔，電塔下切一個小鞍部，箭竹叢充滿小碎石不斷刺激腳底的疼痛，稜線上，每一百公尺就有扭結成拳狀的箭竹指路，我左右撥開，新傷蓋過舊傷，得要有鐵打的韌性才能游出這片箭竹海。

過了卡賀爾山的牛魔角山頭，我們腰繞鳥嘴岩峰，爬上一片碎石坡，回到稜線。

在能高北峰及卡賀爾山之間，有一處平緩的鞍

部，可以看見木瓜溪靜靜流過山中綠帶，雲瀑美不勝收，是無可替代的人間仙境。

我的心境不一樣了。

長久緊繃的情緒讓我厭惡失去親人的處境，厭惡那些人像披著羊皮的狼，以及對弱勢極度壓制的社會。我從沒那麼絕望過。當我脫離那些人，那個環境，順從與回歸自然，我的內心漸漸比以往還要堅強而勇敢。我聽見內在的呼喚。

絕望沒有客觀的刻度，它給予人的恐懼都是巨大的。絕望對每個人都是一樣的，不分處境，不論承受的分量，更多也不能再加重傷害你。

我終於明白為何每到秋天來臨前，巴夏一定得走一趟回去部落。因為，所有的不愉快將逃遁，他將帶著滿滿的信心與祖靈的庇祐回到家裡，讓所有的人繼續幸福快樂。

我加緊腳步繼續南行。累了就背著背包，向後倒進箭竹草叢中，富有彈性的箭竹撐起我整個幾近崩潰的疲憊身子。

坦克沒有離開我。

陡上路段，我背著坦克，就像瓦旦背著我，攀過一個山頭又一個山頭。我們攻克能高主山，站在山峰上任由冷風吹醒麻木的疲累。我們在台灣池補充飲水，水池裡有一種紅色的小蟲在游動。我看坦克喝得起勁，絲毫沒有猶豫。我想，水質大概沒問題吧，得做好抱肚翻滾的準備。

瓦旦說，想知道你是什麼樣的人，就去爬山吧。

我害怕孤單的感覺。孤單本身並不可怕，可怕的是你不想孤單。越是不想孤單，可得花更多的力氣讓自己不孤單。

「坦克，我們今晚在這裡休息吧。」

台灣池的水草豐美，位於連綿的高山草原低處，池邊幾處碎石，池水平易近人。天蒼蒼，野茫茫，幾個不斷移動的褐色點逐漸聚集，眨巴，眨巴的眼睛。

是水鹿。

水鹿群聚在草坡上，輪流探頭，豎耳，觀察我們的一舉一動。

坦克可興奮了，立刻追過去，滿山遍谷迴盪坦克的吠叫聲跟碎石堆間的零碎步伐。水鹿四面八方逃散，保持著讓坦克捉不到的距離，牠的速度根本構不成威脅。

有一隻水鹿慢慢向我靠近，接著，二隻、三隻……

水鹿不怕人，舔著我的皮膚。本以為這是示好，牠們不斷聞著坦克撒下的尿液，我才會意過來牠們要些什麼。

瓦旦在筆記上寫道：「汗水是不夠的，水鹿要得更多。」

水鹿需要一點微量元素，像是鹽分。

我的汗水流乾了，沒有尿意，實在無法滿足水鹿眼巴巴的渴求。燒了水。我趕緊弄好睡覺的地點。正要轉身拿背包時，發現水鹿嘴裡嚼著我的所有口糧跟泡麵。兩天的糧食全都遭殃了！

這招聲東擊西，使我發出深痛的嗚——嗚——。

整整兩天，我處在飢餓之中，以為能用意志力行走，損耗的體力都沒得補充，也不敢停下來太久，我知道一旦休息過久，就會不想動了。

失去僅存的糧食，讓我非常沮喪。

黃鼠狼也許可惡，但這一群看起來無辜又天真的水鹿又怪罪不了。就當成是我對水鹿的報恩吧。

坦克以為我身上還有食物，不斷對我搖著尾巴，長聲的哀泣，透出無邪的稚氣。

「要是我餓得失去理智，你的麻煩就大了。」

坦克似乎聽懂了，在帳篷遠遠的位置搜尋徘徊。

雪連綿下著。強勁的風力吹走了我的營帳。營帳連滾帶爬，消失在遠方。

風吹草低。暴風雪就要來了。

而我沒有糧食，也沒有營帳。

我餓極了，氣極了，再也走不動了。我不能在這裡倒下，不能放棄。賭氣喝下最後一口水，蒙上頭睡覺。不知道是飢餓的關係導致熱量不足，寒冷沒能讓我來得及升溫，我像一根冰柱，如果用力扯耳朵，很可能掉落下來。

坦克把頭枕在前腳上，眼睛透出失望而沒有活力。

我的肚子開始抽痛，千刀萬剮的痛。嘴唇四周有些腫脹，幾乎癱軟無力。

虎杖。該怎麼弄？水煮或是生食？

我強忍著陣陣抽痛，濾水、生火、煮沸、搗碎，也管不著會不會洩露位置了。

整晚，都聽得到風在怒吼，或者，這裡的夜晚本來就無可抵禦。

我逐漸失去意識，連從嘴巴呼出的一點熱氣都傳不到鼻尖。不能睡，我不能睡，意志跟水分正一點一滴流失。

坦克最後還是窩到我的腳邊，只不過，比以往更加濕冷。我把牠拽進懷裡。

我們窩在一起，感覺硬碰硬，明明靠在一起，卻感覺不到彼此。

直到坦克伸出溫熱的舌頭，輕輕黏著我的面頰，尾巴輕輕拍打著我的身子，使我感到無比的暖意，斷斷續續傳來。

我撫摸著坦克皮毛，就像尤瑪不斷撫摸著我的樣子。

四周寂然無聲，我等著痛楚漸漸平息。

12 我既在這，也在那裡

等我睜開疲憊的眼睛，整個世界陷落在銀白之下。我突破厚厚的積雪，像從地底爬起來的人。

「坦克。坦克。」

不論如何叫喊，坦克依舊沒有回應。我的懷裡空無一物，只看見身旁一丘凸起，我趕緊用雙手挖開那一堆雪泥。

雪堆下靜靜躺著一團黑肉球。

坦克四肢僵直，雙眼無神呆滯，彷彿望著無垠的宇宙。

我脫下外套抱緊坦克，拚命搖晃，拉拉牠的四肢，搓熱牠的肚腹。我試了各種方法，吹著足以讓牠發狂的哨子，就連哨聲也喚不醒坦克靈活跳躍的樣子，牠那縮小的身軀始終一動也不動。不管我怎麼叫喚，坦克都不再張開雙眼，不會對我搖尾。

牠對生命用盡全力。

坦克——

我抱著坦克，四周只剩下我嗚咽的聲音。大地趁著冰冷的黑夜把坦克的氣息一絲一縷收了回去。

這是祢想要讓我體會的另外一件事嗎？是不是？

何時死亡，我們無法掌握，如何死亡才是我們在意的。原本坦克可能孤獨死去，有我陪著牠走最後一段路，坦克應該心滿意足。想到此，我不該哭，而是努力活下去。

生命自有的秩序，無從防範，僅有遵從。

這一切生命的獲得與消逝，何時離世，也不是祢在意的事。祢教會我的是活著的過程。祢只是給予生命所需的東西，從不在意任何人從祢那兒拿到什麼，當然，祢也不會想從任何人身上拿回什麼。在祢長久的時間裡，祢只是平靜看著這一切，生死只對人有意義。

牠的肉體將使這塊土地肥沃，牠的靈魂永恆存於我的心底。

雪持續地下，我任由這場雪把坦克凍結在最完整的寧靜時刻。

我彷彿失去時間感。

遠方傳來三聲槍響。砰——砰——砰——

該來的，終究還是來了。死神的使者腳步逐漸逼近。我不會再逃。

我搬動身旁的石塊，在坦克旁邊留下疊石。一疊、兩疊、三疊。

這是回來找坦克的標記。

遠處的能高南峰覆蓋一層殘雪。

我吹著哨子，感覺腳邊鑽出一團黑，輕冷，飄移。我跟著那一團黑霧往前走，回到稜線，重新找回山頭的感覺。

粗壯的朦朧背影在山崖邊忽隱忽現，好似瓦旦，就在百步之遙。

「是你嗎？瓦旦。」

身影沒有回話。

當雪霧漸漸飄移成透薄似的紗簾，那黑色的影子舉起右手，指著前方像跳水板的山崖邊，我一直無法看清楚他的臉。

我追過去。不論怎麼追，始終遙不可及。

「別走。等等我。」

瓦旦在那，而我在這。我既在這，也在那裡。

濃霧瀰漫，宛若罩頂的白紗。我一步也踏不出去，手裡緊握著指北針，也許前方是陡峭的懸崖。每移動一步，都能聽見碎石滾落的聲音，慢慢消失得深遠且長。

我得專心想點別的，想著瓦旦。

我們家族世世代代為祢而生，為祢除害。巴夏狩獵自森

林，再保育森林，而瓦旦日復一日背垃圾下山。如今，祢喚我而來，我能為祢做些什麼？

祢隨風送來鹿的悲鳴，哀淒的呦呦聲，在不遠的箭竹草原。濃霧褪去時，所有的影像與聲音也消失了。

我站在山崖邊，不知時間流逝了多久。

曠野孤寂的空靈聲，箭竹搖動的嘩嘩聲，彷彿幽靈纏繞，我聽見熟悉的聲音從深邃的黑夜裡傳來。我看見圓圓的亮光，從一點變成兩點，那兩點的距離在黑夜裡變得神祕而危險。

「老大，是那個孩子。」

我的頸部抖得厲害，全身顫抖，腳步不斷往後退縮。

老行家單手托著獵槍管，節節逼近，直到槍口抵著我的腦袋。

他露出殺氣騰騰的眼神，不留一絲活口的殘暴。他粗啞地問：

「你是誰的孩子？」

「我是瓦旦．巴夏的孩子。我是——巴洛．瓦旦。」

瞬間，我伸出雙手抓住槍管，往後用力一扯。老行家、槍管、我，從山崖無盡下墜。落石擊傷了我的臉。

時間彷彿凍結，記憶快速閃過眼前。據說死亡前，五感最後消失的是聽覺，恐怕是真的。

所有摯愛的人的話語像蒼鷹在我腦海流轉。陳玉珊、尤瑪、瓦旦以及巴夏。

——別活著的時候像死了一樣。

——不管發生什麼事，記住，你、都、要、活、下、來。

——這樣只有死路一條。

——向人伸手才是死路一條。

遠山傳來回音，我感覺背後有東西托住整個身軀。在岩壁上，一塊苧麻織物在風中飄盪——那是尤瑪給瓦旦的擦巾，刺著瓦旦的名字。

幽冥在耳際咆哮，內心卻感受到一股鮮活生命如湧泉噴發，蒼茫一粟，我進入了意識的封界，清醒感到自己值得珍愛、值得體會世上一切。

我再次伸出雙手，抓住所有可能性。像一隻山貓，用十根指尖刮過動脈似的山脊，我攀住了枯木，枯木就像瓦旦扭曲身形後的臂彎，把我托在絕望關頭，停留一塊片狀的板岩邊，我知道指甲正流下鮮血，只要我堅持下去，生命並不令人絕望。

我失去嗅覺，動物與植物的氣味在此消散，只有痛覺、視覺、聽覺仍在。

遠方傳來直升機螺旋槳的聲音，搜救犬的吠聲，吭哧、吭哧的喘氣聲，還聽到人們呼喊著我摯愛的名字。

探照燈的強烈光線突破黑暗的轄區，只有光，我連眼睛都來不及眨。

九歌少兒書房 260

巴洛·瓦旦

著者　薩　芙
繪者　許育榮
責任編輯　鍾欣純
創辦人　蔡文甫
發行人　蔡澤玉
出版發行　九歌出版社有限公司
臺北市八德路3段12巷57弄40號
電話／25776564・傳真／25789205
郵政劃撥／0112295-1
九歌文學網　www.chiuko.com.tw
印刷　晨捷印製股份有限公司
法律顧問　龍躍天律師・蕭雄淋律師・董安丹律師
初版　2017年8月
定價　**260元**

書號　0170255
ISBN　978-986-450-138-0
（缺頁、破損或裝訂錯誤，請寄回本公司更換）

國家圖書館出版品預行編目(CIP)資料

巴洛.瓦旦 / 薩芙著 ; 許育榮圖. -- 初版. --
臺北市 : 九歌, 2017.08
面； 公分. -- (九歌少兒書房 ; 260)
ISBN 978-986-450-138-0(平裝)

859.6 106011300